Un paseo para recordar

Un paseo para recordar

Nicholas Sparks

Traducción de Iolanda Rabascall

Rocaeditorial

Título original: *A Walk to Remember*

© Nicholas Sparks Interprises, Inc., 1999

Primera edición en este formato: enero de 2013

© de la traducción: Iolanda Rabascall

© de esta edición: Roca Editorial de Libros, S. L.
Av. Marquès de l'Argentera, 17, pral.
08003 Barcelona
info@rocaeditorial.com
www.rocaeditorial.com

Impreso por Liberdúplex, S.L.U.
Crta. BV-2249, km 7,4, Pol. Ind. Torrentfondo
Sant Llorenç d'Hortons (Barcelona

ISBN: 978-84-9918-072-4
Depósito legal: B-30.529-2012
Código IBIC: FA; FRD

A mis padres, con amor, por siempre en mis recuerdos:
Patrick Michael Sparks (1942-1996)
Jill Emma Marie Sparks (1942-1989)

Y a mis hermanos, de todo corazón:
Micah Sparks
Danielle Lewis

Prólogo

$\mathcal{A}$ los diecisiete años, mi vida cambió para siempre.

Sé que hay personas que se sorprenden cuando me oyen hablar así; me miran con interés, como si quisieran descifrar qué es lo que sucedió, aunque casi nunca me molesto en dar explicaciones. Dado que he vivido prácticamente toda mi vida aquí, no siento la necesidad de hacerlo, a menos que pueda explayarme sin prisas, lo que requiere más tiempo del que la mayoría de la gente está dispuesta a concederme.

Mi historia no puede resumirse en un par de frases ni condensarse en una simple exposición que se comprenda de inmediato. A pesar de que han transcurrido cuarenta años, los que aún viven aquí y me conocían en aquel entonces respetan mi silencio sin más. Mi historia es, en cierto modo, su historia, pues fue algo que todos compartimos.

Sin embargo, fui yo quien lo vivió de una forma más intensa.

Tengo cincuenta y siete años, pero aún recuerdo a la perfección lo que sucedió, hasta el más mínimo detalle. A menudo revivo mentalmente aquel año y me doy cuenta de que, cuando lo hago, siempre me invade una extraña sensación de tristeza y de alegría a la vez. Hay momentos en que desearía retroceder en el tiempo para poder borrar toda esa inmensa tristeza, pero tengo la impresión de que, si lo hiciera, también empañaría la alegría. Así que me dejo llevar por la esencia de esos recuerdos a medida que van aflorando, los acepto sin reticencia y dejo que me guíen siempre que sea posible.

Hoy es 12 de abril del último año del milenio. Acabo de salir de casa e instintivamente echo un vistazo a mi alrededor. El cielo está encapotado, pero, a medida que bajo por la calle, me fijo en que los cornejos y las azaleas empiezan a florecer. Me abrocho la cremallera de la chaqueta. Hace frío, aunque sé que dentro de tan solo unas pocas semanas la temperatura será más cálida y los cielos grises darán paso a esa clase de días que convierten Carolina del Norte en uno de los lugares más bellos del mundo.

Suspiro y siento que de nuevo me invaden los recuerdos. Entorno los ojos y los años empiezan a dar marcha atrás, retrocediendo lentamente, como las manecillas de un reloj que giran en la dirección opuesta. Como a través de los ojos de otra persona, me veo a mí mismo rejuvenecer; mi pelo gris vuelve a ser de color castaño; siento que las arrugas alrededor de mis ojos se reducen; mis brazos y mis piernas se tornan más fuertes. Las lecciones que he aprendido a lo largo de los años se diluyen y recobro la inocencia a medida que se acerca aquel año tan memorable.

10

Entonces, igual que yo, el mundo empieza a cambiar: las calles se vuelven más estrechas y algunas recobran su aspecto original, sin asfaltar; gran parte del espacio urbanizado ha sido reemplazado por campos de cultivo, y un hervidero de gente pasea por la calle más céntrica del pueblo, contemplando los escaparates de la panadería Sweeney y de la carnicería Parka. Los hombres lucen sombreros, las mujeres van con vestidos. Un poco más arriba, en la misma calle, empieza a repicar la campana de la torre del juzgado…

Abro los ojos y me detengo. Estoy delante de la iglesia bautista y, mientras contemplo la fachada, sé exactamente quién soy.

Me llamo Landon Carter y tengo diecisiete años.

Esta es mi historia. Prometo que no omitiré ningún detalle.

Primero sonreirás. Después llorarás. Que conste que te he avisado.

Capítulo 1

*E*n 1958, Beaufort, situado en la costa cerca de Morehead City, en Carolina del Norte, era el típico pueblecito del sur de Estados Unidos. Era la clase de lugar donde la humedad se disparaba tanto en verano que, incluso con el simple acto de salir a buscar el correo hasta el buzón, a uno le entraban ganas de ducharse, y los niños correteaban descalzos desde abril hasta octubre bajo los robles centenarios recubiertos de musgo. La gente saludaba desde el coche cuando se cruzaba con alguien por la calle, tanto si lo conocía como si no, y el aire olía a pino, a sal y a mar, un aroma distintivo de los estados de Carolina del Norte y del Sur.

Para muchos habitantes de Beaufort, actividades como salir a pescar en la bahía de Pamlico o ir a capturar cangrejos en el río Neuse constituían una actitud frente a la vida, una forma de ser; por eso siempre había un montón de barcas amarradas a lo largo del canal intracostero.

En aquella época, solo había tres canales de televisión, aunque la tele nunca fue un pasatiempo fundamental para nosotros, los niños del pueblo. En vez de eso, nuestras vidas giraban en torno a las iglesias (solo en Beaufort había dieciocho). Tenían nombres como: Primera Iglesia Cristiana Reformada, Iglesia de los Perdonados, Iglesia del Domingo de Expiación. Además, también estaban las iglesias bautistas. En mi infancia, eran a todas luces las más populares en el pueblo; prácticamente, había una en cada esquina, si bien cada una de ellas se consideraba superior a las demás. Había iglesias bautistas de todos los tipos: bautistas libres, bautistas misioneras, bautistas independientes...; bueno, supongo que ya me entiendes.

Por entonces, el gran acontecimiento del año estaba auspiciado por la iglesia del centro del pueblo —bautista del sur, para ser más precisos— juntamente con el instituto de la localidad. Todos los años, sin falta, organizaban una función navideña en el teatro de Beaufort. Se trataba de una obra escrita por Hegbert Sullivan, un reverendo que era miembro de la iglesia desde que Moisés había separado las aguas del mar Rojo. Bueno, quizá no fuera tan viejo, pero sí que era lo bastante mayor como para que se le transparentaran las venas a través de la piel viscosa y translúcida (los chiquillos juraban que podían ver cómo corría la sangre por sus venas). Además, tenía el pelo tan blanco como uno de esos conejitos de pelaje suave y cola algodonosa.

La cuestión es que fue él quien escribió esa obra de teatro llamada *El ángel de Navidad*, porque no quería seguir ofreciendo *Cuento de Navidad* todos los años. A su parecer, Scrooge, el personaje principal de la obra de Dickens, era un pagano que había llegado a la redención porque había visto fantasmas, no ángeles. ¿Y quién sabía si esos fantasmas habían sido enviados por Dios? ¿Y quién podía estar seguro de que el personaje no recaería en sus malas prácticas de nuevo, si los fantasmas no habían sido enviados directamente del Cielo? Ese matiz no quedaba claro al final —en cierto modo, el famoso cuento de Dickens juega con la idea de la fe y cosas por el estilo—, pero Hegbert no se fiaba de los fantasmas si no habían sido enviados, claramente, por Dios, lo cual no se podía explicar usando un lenguaje sencillo, y ese era el gran conflicto que tenía con aquel viejo clásico.

Un año, decidió cambiar el final. En su versión, el viejo Scrooge acababa por convertirse en predicador y partía hacia Jerusalén en busca del lugar donde Jesús había enseñado las Escrituras. La versión no convenció a nadie —ni siquiera a la congregación, cuyos miembros permanecieron sentados en las butacas, con los ojos abiertos como naranjas, fijos en el escenario— y la prensa se hizo eco con comentarios como: «Aunque sin lugar a dudas fue interesante, no será, desde luego, una versión que pase a la historia...».

Así que Hegbert decidió probar suerte escribiendo su propia obra de teatro. Llevaba toda la vida componiendo sus propios sermones, y he de admitir que algunos eran interesantes, sobre todo cuando hablaba de la «ira de Dios, ensañándose con los fornicadores» y otras monsergas similares. Con eso sí que le hervía la sangre, te lo aseguro; me refiero a cuando hablaba de los fornicadores, su tema favorito. Cuando éramos más jóvenes, mis amigos y yo nos escondíamos detrás de un árbol cuando lo veíamos bajar por la calle y gritábamos: «¡Hegbert es un fornicador!», y luego nos echábamos a reír como locos, como si fuéramos las criaturas más ingeniosas en toda la faz de la Tierra.

El viejo Hegbert se detenía en seco y aguzaba el oído —¡sus orejas incluso se movían!—, su cara se encendía hasta adoptar un intenso tono rojo, como si hubiera ingerido un trago de gasolina, y las grandes venas verdes en su cuello empezaban a marcarse de una forma exagerada, como en uno de esos mapas del río Amazonas de la *National Geographic*.

El reverendo miraba a un lado y a otro, entrecerrando los ojos como un par de rendijas, escrutando el entorno; de repente, su piel volvía a recuperar aquella palidez cetrina, justo delante de nuestros ojos. ¡Era un espectáculo digno de ver!

13

Nosotros seguíamos escondidos detrás del árbol. Hegbert (¿qué clase de padres pondrían un nombre como ese a su hijo?) permanecía inmóvil, a la espera de que hiciéramos algún movimiento en falso, algún ruido, como si fuéramos tan tontos. Nos cubríamos la boca con ambas manos para evitar reírnos a carcajada limpia, pero, al final, siempre acababa por descubrirnos. Él seguía escrutando la zona, hasta que se detenía de golpe y fijaba sus ojitos redondos en nosotros, como si pudiera traspasar el tronco del árbol con la mirada.

—¡Sé que eres tú, Landon Carter! —gritaba—. ¡Y Dios también lo sabe!

Dejaba pasar un minuto, aproximadamente, para que sus palabras surtieran efecto, y después reanudaba la marcha. Al siguiente fin de semana, durante el sermón, nos taladraba con la mirada y decía algo como:

—El Señor es bondadoso con los niños, pero ellos también han de ser buenos.

Nosotros nos hundíamos en las sillas, no por vergüenza, sino para ocultar de nuevo los ataques de risa. Hegbert no nos comprendía, lo cual era, en cierto modo, extraño, ya que él también era padre, aunque de una chica... Pero eso es algo que ya explicaré más adelante.

En fin, como iba diciendo, un año Hegbert escribió *El ángel de Navidad* y decidió sustituir definitivamente el *Cuento de Navidad* de Dickens por su obra. La verdad es que no estaba mal, lo cual no dejó de sorprendernos.

En líneas generales, se trata de la historia de un hombre que ha perdido a su esposa unos años antes. Ese tipo, Tom Thornton, es muy religioso, pero sufre una crisis de fe cuando su esposa muere en el parto. A partir de ese momento, tendrá que criar a su hija solo, y no es el mejor de los padres. La pequeña quiere para Navidad una caja de música especial, con un ángel grabado sobre la tapa de madera, una imagen que ella había recortado de un antiguo catálogo. El tipo busca por todas partes el regalo, pero no lo encuentra. Cuando llega Nochebuena, todavía está buscando el regalo. Mientras entra y sale de varias tiendas, se cruza con una extraña mujer a la que no ha visto nunca antes, y ella le promete que lo ayudará a encontrar el regalo de su hija. Primero, sin embargo, los dos ayudan a un pobre indigente, luego van a un orfanato a visitar a algunos niños, después pasan a ver a una anciana que está muy sola y que lo único que quiere es un poco de compañía en Nochebuena. En ese momento, la mujer misteriosa le pregunta a Tom Thornton qué es lo que desea él para Navidad: quiere que su esposa vuelva a su lado. La mujer lo lleva hasta la fuente de la ciudad y le ordena que mire en el agua porque allí encontrará lo que está buscando. Cuando el tipo mira en el agua, ve la carita de su hija, y entonces se desmorona y rompe a llorar. Mientras está sollozando, la misteriosa dama desaparece. Tom Thornton la busca por todas partes, pero no la encuentra. Al final decide regresar a su casa. De camino, va analizando todas las lecciones que ha aprendido esa noche. Entra en la habitación de su hija. Al verla dormida se da cuenta de que ella es todo lo que le queda de su esposa, y empieza a llorar de nuevo porque es consciente de que no ha sido un padre modélico. A la mañana siguiente, como por arte de magia, la caja de música aparece debajo del árbol de Navidad; el ángel grabado en la tapa es exactamente igual a la mujer con la que Tom Thornton había estado la noche previa.

Así que, en realidad, no estaba mal. A decir verdad, la gente se hartaba de llorar cada vez que veía la función. Todos los años se agotaban las entradas, y, gracias a su fama, en lugar de representarla en la iglesia, hubo que recurrir al teatro de Beaufort, que tenía mayor aforo.

Cuando yo estudiaba en el instituto, cada año había dos representaciones de la obra, y en ambos casos el teatro se llenaba a rebosar, lo que, teniendo en cuenta quién actuaba en la función, ya era una historia curiosa de por sí.

Lo digo porque Hegbert quería que los actores fueran adolescentes (estudiantes del último curso en el instituto, y no actores de teatro). Supongo que debía de pensar que era una buena experiencia de aprendizaje antes de que se marcharan a la universidad y tuvieran que convivir con toda esa panda de fornicadores. Hegbert era así, pretendía salvarnos de la tentación. Quería que supiéramos que Dios estaba siempre presente, vigilándonos, incluso cuando salíamos del pueblo, y que, si depositábamos nuestra confianza en el Señor, al final todo saldría bien. Era una lección que, con el paso del tiempo, acabé por aprender, aunque no fue Hegbert quien me la enseñó.

15

Tal y como he dicho al principio, Beaufort era el típico pueblecito sureño, aunque con una historia interesante. El pirata Barbanegra llegó a tener una casa en la localidad, y se supone que su barco, el *Venganza de la Reina Ana*, está hundido en algún lugar cercano a la costa. Hace poco, un grupo de arqueólogos u oceanógrafos, o quienquiera que se encargue de esas cosas, anunció que lo habían encontrado, pero nadie está todavía completamente seguro, porque hace doscientos cincuenta años que se hundió, así que no es tan fácil como abrir la guantera y confirmar la matrícula.

Beaufort ha cambiado mucho desde 1950, pero todavía no es una gran metrópolis ni nada parecido. Beaufort era, y siempre será, un pueblo pequeño, pero cuando yo era un chaval, apenas llegaba a ser un puntito en el mapa. Para ponerlo en perspectiva: la circunscripción electoral que incluía Beaufort cubría toda la parte oriental del estado (unos cincuenta y dos mil kilómetros cuadrados) y no había ni un solo pueblo con más de veinticinco mil habitantes. Incluso comparado con aquellos pueblos, Beaufort siempre era considerado de los más pequeños. Todo el territorio al este de Raleigh y el norte de Wilmington hasta la frontera con el estado de Virginia constituía el distrito que mi padre representaba.

Supongo que habrás oído hablar de él. Es más o menos una leyenda, incluso ahora. Se llama Worth Carter y fue congresista durante casi treinta años. Su eslogan cada dos años, en época de elecciones, era: «Worth Carter representa a _____», y se suponía que la persona tenía que escribir el nombre del pueblo donde vivía. Aún recuerdo los viajes en coche, en los que mamá y yo teníamos que aparecer en público a su lado para mostrar a la gente que él era un verdadero hombre de familia, y entonces veíamos las pegatinas rectangulares en los parachoques, con el espacio en blanco del eslogan rellenado con nombres como Otway, Chocawinity y Seven Springs. Hoy día ese tipo de chorradas no convencería a nadie, pero por entonces era una publicidad bastante sofisticada. Imagino qué pasaría si lo intentáramos ahora; sus opositores escribirían cualquier disparate en el espacio en blanco, pero en esa época eso no pasaba. Bueno, quizá vi una única pegatina en la que habían escrito una tontería. Un granjero del condado de Duplin escribió una vez la palabra «mierda» en el espacio en blanco, y cuando mi madre lo vio, me tapó los ojos y rezó una plegaria en voz alta para pedirle al Señor que perdonara a ese pobre desgraciado ignorante. Ella no dijo exactamente esas palabras, pero yo comprendí el sentido.

Así que mi padre, don Congresista, era un pez gordo, y todo el mundo sin excepción lo sabía, incluido el viejo Hegbert. La verdad es que no se llevaban nada bien, a pesar de que mi padre iba a su iglesia cuando estaba en el pueblo, cosa que, para ser francos, no pasaba muy a menudo. Hegbert, además de creer que los fornicadores estaban destinados a limpiar los orinales en el Infierno, también estaba convencido de que el comunismo era «una enfermedad que condenaba al ser humano al impiosismo». A pesar de que no existe el término «impiosismo» —no lo he encontrado en ningún diccionario—, la congregación entendía lo que quería decir. Todos sabían también que sus palabras iban dirigidas específicamente a mi padre, que permanecía sentado con los ojos entornados, fingiendo no prestar atención al sermón. Mi padre formaba parte de uno de los comités de la Cámara que supervisaba «la influencia roja» que supuestamente se estaba infiltrando por todo el país, inclusive en la defensa nacional, las universidades y hasta en el cultivo de tabaco. Eran los años de la guerra fría, así que había una enorme tensión, y en Carolina del Norte necesitábamos ejemplos cercanos para infundir al problema un matiz más personal. Mi padre había buscado consistentemente pruebas para inculpar a comunistas, unas pruebas que resultaban irrelevantes para gente como Hegbert.

Más tarde, ya en casa, después de misa, mi padre decía algo como: «Hoy el reverendo Sullivan estaba un poco raro. Espero que hayas prestado atención a esa parte de las Escrituras en que Jesús hablaba sobre los pobres...».

Sí, claro, papá...

Mi padre intentaba suavizar la tensión siempre que era posible. Creo que por eso duró tanto en el Congreso. Era capaz de besar a los bebés más feos del mundo y todavía se le ocurría un comentario afable. «Qué niño más tierno», decía cuando el bebé tenía un cabezón enorme, o «Me apuesto lo que quieran a que es la niña más dulce del mundo entero», si tenía una marca de nacimiento que le cubría toda la cara. Una vez, una mujer se le acercó con un niño en una silla de ruedas. Mi padre lo miró y dijo: «Me apuesto lo que quieran a que eres el niño más listo de tu clase». ¡Y lo era! Sí, mi padre era un seductor nato; sabía improvisar y salir airoso de cualquier situación. Y no era un mal tipo, en serio, especialmente teniendo en cuenta que nunca me pegó ni me maltrató, ni nada por el estilo.

Pero durante mi infancia no estuvo a mi lado. Detesto de-

17

cirlo, porque hay quien se queja de esa clase de cosas aun cuando sus padres siempre estuvieron a su lado, y lo usan como pretexto de su comportamiento. «Mi padre… no me quería…, por eso me convertí en una estrella porno y luego salí en ese programa de la tele al que la gente va a contar infidelidades y engaños.»

No lo digo para justificar la persona en la que me he convertido; únicamente lo afirmo como un hecho. Mi padre se pasaba nueve meses al año lejos de casa, en Washington D.C., a quinientos kilómetros de Beaufort. Mi madre no quería ir con él porque ambos deseaban que yo me criara «de la misma forma que ellos se habían criado».

Sin embargo, había una clara diferencia: el padre de mi padre se había dedicado a llevar a su hijo a cazar y a pescar, le había enseñado a jugar a la pelota, lo había acompañado a las fiestas infantiles y había hecho con él todas esas cosas que hay que hacer con los hijos antes de que se hagan adultos. Mi padre, en cambio, era un absoluto desconocido para mí, una persona con la que apenas tenía trato. Durante los cinco primeros años de mi vida, yo pensaba que todos los padres vivían en otro sitio. Un día mi mejor amigo, Eric Hunter, me preguntó que quién era ese tipo que había aparecido en mi casa la noche previa, y entonces me di cuenta de que la situación en mi familia no era muy normal.

—Es mi padre —solté orgulloso.

—Ah —contestó Eric, mientras hurgaba en mi bolsa del almuerzo en busca de mi Milky Way—. No sabía que tuvieras un papá.

Su comentario me sentó como si me hubiera propinado un puñetazo en toda la cara.

Así que me crie bajo el cuidado de mi madre, una mujer entrañable, dulce y cariñosa; la clase de madre que casi todo el mundo soñaría tener. Pero no fue, ni jamás habría podido ser, una influencia masculina en mi vida, y eso, unido a mi creciente resentimiento hacia mi padre, me convirtió en una especie de rebelde, incluso desde una edad tan tierna.

Que conste que no era un mal chaval. Mis amigos y yo solíamos salir a hurtadillas al atardecer y nos dedicábamos a enjabonar las ventanas de los coches o a comer cacahuetes hervidos en el cementerio que había detrás de la iglesia, pero, en los años cincuenta, esa era la clase de comportamiento que incitaba a otros padres a sacudir la cabeza y a susurrar a sus hijos: «Espero que no sigas los pasos de ese mocoso. Carter se está labrando el camino para acabar en la cárcel».

¿Yo, mal chaval, por comer cacahuetes hervidos en un cementerio? ¡Qué fuerte!

Bueno, la cuestión es que mi padre y Hegbert no se llevaban muy bien, y no era solo por cuestiones políticas. Por lo visto, se conocían desde que eran niños. Hegbert era unos veinte años mayor que mi padre, y, antes de ser reverendo, había trabajado para el padre de mi padre. Mi abuelo —a pesar de que pasaba mucho tiempo con mi padre— era un ser realmente ruin. Fue él quien amasó la fortuna familiar, pero no quiero que te lo imagines como la clase de hombre que vivía volcado en su negocio, trabajando con diligencia y viendo cómo este crecía y prosperaba lentamente con el paso de los años.

Mi abuelo amasó su fortuna de una forma simple: primero fue contrabandista de licores, y durante la ley seca acumuló una gran riqueza con la importación de ron de Cuba. Luego se puso a comprar tierras y a contratar aparceros para que las cultivaran. Se quedaba con el noventa por ciento del dinero que los aparceros ganaban con sus cosechas de tabaco, y luego les prestaba dinero cuando lo necesitaban a un tipo de interés ridículo. Por supuesto, su intención no era recuperar el dinero prestado; en vez de eso, se apropiaba de los útiles de labranza o de las tierras que poseían. Más tarde, en lo que denominó su momento de inspiración, fundó un banco llamado «Banco de Créditos Carter». El único banco que había en un radio de dos condados a la redonda se había incendiado misteriosamente; después de que estallara la Gran Depresión, nunca volvió a abrir sus puertas. Aunque todo el mundo sabía perfectamente lo que había sucedido, nadie se atrevió a abrir la boca por temor a represalias, y que conste que no les faltaban motivos para tener miedo. El banco no fue el único edificio que se incendió de forma misteriosa.

19

Los tipos de interés que marcó mi abuelo eran escandalosos. Poco a poco, empezó a amasar más fortuna al apoderarse de las tierras y las propiedades de los clientes que no podían pagar sus préstamos. Cuando la Gran Depresión golpeó duramente a la población, él se quedó con docenas de negocios en todo el condado mientras obligaba a los antiguos propietarios a seguir trabajando a cambio de un salario irrisorio, pagándoles solo lo justo para que no abandonaran sus puestos, aprovechándose de que no había trabajo en ningún sitio. Les decía que, cuando la situación económica mejorara, les revendería sus negocios, y la gente siempre lo creyó.

Sin embargo, nunca cumplió su promesa. Al final, controlaba una vasta porción de la economía del condado y abusaba de su influencia de todas las formas imaginables.

Me gustaría decir que tuvo una muerte terrible, pero no fue así. Murió en la vejez, mientras dormía plácidamente con su amante en su yate en las islas Caimán. Sobrevivió a sus dos esposas y a su único hijo. ¡Menudo final para semejante personaje! Con los años he aprendido que la vida nunca es justa. Si hay algo que deberían enseñar en las escuelas, sería precisamente esa lección.

Pero retomemos el hilo inicial de mi relato... Hegbert, cuando se dio cuenta de que mi abuelo era un ser tan ruin, dejó de trabajar para él y se metió al sacerdocio; luego regresó a Beaufort y empezó a oficiar misa en la misma iglesia a la que iba nuestra familia. Se pasó los primeros años perfeccionando su mensaje apocalíptico del tormento con fuego y azufre con sermones mensuales sobre los males de la codicia, lo que apenas le dejaba tiempo para nada más. Tenía cuarenta y tres años cuando se casó; y cincuenta y cinco años cuando nació su hija, Jamie Sullivan. Su esposa, una mujer enclenque y menuda, veinte años más joven que él, tuvo seis abortos antes de que naciera Jamie, y al final murió en el parto, así que Hegbert se quedó viudo y tuvo que criar a su hija sin ninguna ayuda.

De ahí el argumento de su obra navideña.

La gente sabía la historia incluso antes de ver la función por primera vez. Era una de esas historias que contaban cada vez que Hegbert tenía que bautizar a un bebé o asistir a un funeral. Todo el pueblo se la sabía, y por eso, creo, tanta gente se emocionaba con la función. Sabían que estaba basada en un hecho real, lo que le confería un significado especial.

Jamie Sullivan estudiaba su último curso en el instituto, como yo, y ya había sido elegida para interpretar el papel de ángel. Estaba claro que ninguna otra alumna iba a optar al papel aquel año, lo que, por supuesto, atrajo aún más la atención respecto a la función. Iba a ser una noche memorable, quizá la más destacada de todas, por lo menos según la señorita Garber, la profesora de Teatro en el instituto, quien mostró un desmedido entusiasmo en el proyecto cuando asistí a una de sus clases por primera vez.

Yo no tenía intención de cursar su asignatura aquel año, de verdad, pero era o bien Teatro o bien Química II. La cuestión fue que pensé que sería una clase facilona, sobre todo comparada con mi otra opción. No había exámenes, ni apuntes, ni tablas en las que tuviera que memorizar protones y neutrones, ni combinar elementos en sus fórmulas adecuadas... ¿Qué podía ser mejor para un estudiante de último curso del instituto? Parecía una elección segura y, cuando me matriculé en la asignatura, pensé que sería capaz de dormir durante prácticamente todas las clases, lo que, teniendo en cuenta mis hábitos nocturnos de comer cacahuetes en el cementerio, me pareció un factor de gran importancia.

En el primer día de clase, fui de los últimos en llegar. Entré justo unos segundos antes de que sonara el timbre, y tomé asiento en la última fila. La señorita Garber nos daba la espalda; estaba ocupada escribiendo su nombre en la pizarra en grandes letras, con una especie de cursiva. ¡Como si no supiéramos quién era! Todos lo sabíamos; era imposible no saberlo.

La señorita Garber era una mujer imponente, con su casi metro noventa de altura, su encendida melena roja como el fuego y la piel pálida salpicada de pecas. Debía de rondar los cuarenta años, era oronda —sin exagerar, seguro que pesaba más de cien kilos— y mostraba una clara predilección por los *muumuus*, esos anchos vestidos hawaianos floreados. Llevaba gafas oscuras, con montura de pasta y con los extremos acabados en punta, y siempre saludaba a todo el mundo con un «Holaaaaaaa» musical.

21

Aquella mujer era única en su especie, seguro, y estaba soltera, lo que aún agravaba más las cosas. Inevitablemente, todos los chicos, tuvieran la edad que tuviesen, sentían pena por semejante ballena.

Debajo de su nombre escribió los objetivos que quería alcanzar aquel año. El primero era «autoconfianza», seguido de «autoconocimiento», y, en tercer lugar, «autorrealización». A la señorita Garber le encantaban todas esas fruslerías de superación personal, lo que de verdad la situaba a la cabeza en psicoterapia, aunque probablemente ella no fuera consciente de eso en aquella época. Ella fue una pionera en dicho campo. Quizá tenía algo que ver con su aspecto, o quizá solo intentara sentirse mejor consigo misma.

Pero no nos apartemos del tema.

No me di cuenta de un detalle inusual hasta que empezó la clase. A pesar de que el instituto de Beaufort no contaba con muchos alumnos, tenía la certeza de que se dividían a partes iguales entre chicos y chicas, por lo que me sorprendió ver que en aquella aula el noventa por ciento, como mínimo, eran chicas.

Solo había otro chico en la clase, lo que, a mi modo de entender, se podía interpretar como una buena señal, y por un momento me embargó un sentimiento de euforia al pensar: «¡Prepárate mundo, allá voy!». Chicas, chicas, chicas..., era lo único que podía pensar. ¡Chicas y más chicas, y, encima, sin exámenes a la vista!

He de admitir que no era el chaval con mayor visión de futuro en el instituto.

La señorita Garber sacó a colación la obra navideña y anunció que aquel año Jamie Sullivan iba a ser el ángel. Acto seguido, empezó a aplaudir entusiasmada; ella también formaba parte de la congregación de la iglesia bautista del sur; además, mucha gente creía que iba detrás de Hegbert. La primera vez que oí ese chisme, recuerdo que pensé que menuda suerte que los dos fueran demasiado viejos para engendrar hijos; bueno, eso si acababan juntos, claro. ¿Te imaginas, un bebé con la piel translúcida y lleno de pecas? Solo con pensarlo me entraban escalofríos, pero, por supuesto, nadie hacía ningún comentario al respecto, al menos cerca de la señorita Garber y de Hegbert. Cuchichear es una cosa, pero las habladurías malintencionadas son completamente distintas; ni siquiera en el instituto éramos tan mezquinos.

La señorita Garber siguió aplaudiendo sola durante un rato, hasta que todos nos unimos en coro, porque era obvio que eso era lo que quería que hiciéramos.

—¡Ponte de pie, Jamie! —le ordenó.

La chica obedeció y se dio la vuelta hacia nosotros. La señorita Garber se puso a aplaudir más efusivamente, como si estuviera delante de una gran actriz de teatro.

La verdad es que Jamie Sullivan era una buena chica. Beaufort era una localidad tan pequeña que solo había una escuela, así que habíamos estudiado juntos desde que éramos pequeños, y mentiría si dijera que nunca había hablado con ella. Una vez, en segundo de primaria, se sentó a mi lado durante todo el año, así que conversamos varias veces, pero eso no significaba que pasara mucho rato con ella en mis horas libres. En la escuela me relacionaba con una clase de gente, pero, fuera del edificio, la cosa cambiaba radicalmente. Jamie nunca había formado parte de mi agenda social.

No es que no fuera atractiva, no me malinterpretes. No era un espantajo ni nada parecido. Por suerte, había salido a su madre, quien, según las fotos que había visto, no estaba nada mal, sobre todo si se tenía en cuenta con quién se había casado. Pero Jamie no era exactamente mi tipo. A pesar de ser delgada, con el pelo rubio color miel y ojos azul claro, casi siempre ofrecía un aspecto… insulso, y que conste que lo digo por las pocas veces que me había fijado en ella.

A Jamie no le importaba demasiado la apariencia, porque siempre buscaba la «belleza interior», y supongo que por eso ofrecía aquel aspecto. Desde que la conocía —y ya he dicho que habíamos estudiado juntos desde pequeños— siempre la había visto con el pelo recogido en un moño apretado, como los que llevan las viejas solteronas, sin una pizca de maquillaje en la cara. Si a eso le añadíamos el típico cárdigan marrón y la falda de cuadros que solía llevar, Jamie siempre parecía estar a punto para una entrevista de trabajo de bibliotecaria.

Mis amigos y yo pensábamos que solo era una fase pasajera, y que tarde o temprano cambiaría, pero nunca lo hizo. Durante nuestros primeros tres años en el instituto, no había cambiado en absoluto. Lo único diferente era la talla de ropa.

Pero Jamie no era simplemente distinta por su aspecto, sino también por su forma de comportarse. No se pasaba las horas haciendo el remolón en el bar Cecil, ni iba a fiestas de pijamas con otras chicas, y yo sabía de primera mano que no había tenido ni un solo novio en toda su vida. Al viejo Hegbert le habría dado un patatús de lo contrario. Pero, incluso si por alguna extraña razón Hegbert hubiera dado su consentimiento, seguro que tampoco habría funcionado. Jamie nunca se separaba de su Biblia, y si sus miradas y las de Hegbert no servían para mantener a los chicos a raya; la Biblia seguro que lo conseguía, vamos, segurísimo.

Yo me interesaba por la Biblia hasta cierto punto, como cualquier chico de mi edad, pero Jamie parecía disfrutar con su lectura de un modo que me resultaba completamente incomprensible. No solo iba de vacaciones a un campamento dedicado a los estudios bíblicos todos los meses de agosto, sino que además leía la Biblia durante la hora del almuerzo en la escuela.

Para mí eso no era normal, por más que fuera la hija del reverendo. Aunque uno intentara analizar el texto con detenimiento, leer la epístola de Pablo a los efesios no resultaba tan emocionante como flirtear. No sé si me entiendes.

Pero Jamie no se detenía ahí. Debido a sus constantes lecturas de la Biblia, o quizá por la influencia de Hegbert, creía que era importante ayudar al prójimo, y eso era exactamente lo que hacía: ayudar al prójimo. Sé que era voluntaria en el orfanato de Morehead City, pero no le bastaba con eso. Siempre andaba metida en alguna obra benéfica, ayudando a todo el mundo, desde los *boy scouts* hasta cualquier otra asociación infantil. Sé que, cuando tenía catorce años, pasó parte del verano pintando la fachada de la casa de una vecina anciana.

Jamie era la clase de chica que se pondría a arrancar malas hierbas de un jardín sin que se lo pidieran, o a detener el tráfico para ayudar a los más pequeños a cruzar la calle, o que sería capaz de ahorrar toda su paga con el objetivo de comprar un nuevo balón para los huérfanos, o de depositar todo su dinero en la cesta de la iglesia el domingo. Era, en otras palabras, el tipo de chica que conseguía que el resto de los adolescentes pareciéramos malos a su lado; cuando me miraba, me embargaba un sentimiento de culpa, aunque no hubiera hecho nada malo.

Pero las buenas obras de Jamie no se limitaban a la gente. Si se cruzaba con un animal herido, por ejemplo, también intentaba auxiliarlo. Zarigüeyas, ardillas, perros, gatos, ranas... Para ella, todos eran iguales ante los ojos del Señor. El veterinario Rawlings la conocía de sobra, y sacudía la cabeza cada vez que la veía entrar por la puerta de su consulta con una caja de cartón en la que le llevaba otro bicho. Rawlings se quitaba las gafas y se las limpiaba con el pañuelo mientras Jamie le explicaba cómo había encontrado a la pobre criatura y qué había sucedido.

—Lo ha atropellado un coche, doctor Rawlings. Creo que el designio del Señor era que yo lo encontrara e intentara salvarlo. Me ayudará, ¿verdad?

Con Jamie, siempre se trataba del designio del Señor. Cuando uno hablaba con ella, fuera cual fuese el tema, siempre mencionaba los designios del Señor. ¿Había que cancelar un partido de béisbol a causa de la lluvia? Debía de ser el designio del Señor, para evitar que pasara algo peor. ¿Un examen sorpresa de trigonometría que prácticamente toda la clase suspendía? Debía de ser el designio del Señor, para ofrecernos retos. Bueno, supongo que ya me entiendes.

Además, estaba Hegbert, por supuesto, y eso tampoco la ayudaba, en absoluto. Ser la hija del reverendo no habría sido fácil, pero ella lo interpretaba como si fuera la cosa más natural del mundo, y se sentía afortunada de haber sido honrada con tal bendición. Jamie solía expresarlo con las siguientes palabras: «He tenido la inmensa suerte de tener un padre como el mío». Cuando lo decía, no podíamos evitar sacudir la cabeza y preguntarnos de qué planeta provenía.

A pesar de todas esas peculiaridades, lo que más me sacaba de las casillas de ella era que siempre se mostrara tan abominablemente sonriente y feliz, sin importar lo que pasaba a su alrededor. Lo juro, esa chica nunca hablaba mal de nada ni de nadie, ni tan solo de los que no nos comportábamos cortésmente con ella. Se ponía a tararear una canción mientras bajaba por la calle, y saludaba a los desconocidos que pasaban por delante de ella en coche. A veces, algunas mujeres salían corriendo de sus casas al verla pasar para ofrecerle pan de calabaza si se habían pasado el día horneando, o limonada si era un día caluroso. Parecía como si todos los adultos del pueblo la adoraran.

—¡Qué muchacha más dulce! —decían todos cuando el nombre de Jamie salía a relucir—. El mundo sería mucho mejor si hubiera más personas como ella.

Pero mis amigos y yo no lo veíamos igual. Para nosotros bastaba con una Jamie Sullivan.

Estaba pensando precisamente en todo eso mientras Jamie se ponía de pie delante de nosotros en la primera clase de teatro, y he de admitir que no sentía muchas ganas de tenerla delante. Pero aunque pareciera extraño, cuando ella se giró hacia nosotros, me sobresalté, como si estuviera sentado en una cuerda floja o algo así.

Llevaba una falda a cuadros con una blusa blanca debajo del mismo cárdigan marrón de lana que había visto millones de veces, pero había dos nuevos bultitos en su pecho que la chaquetita no podía ocultar y que yo aseguraría que no estaban allí unos meses antes. Seguía igual, sin una pizca de maquillaje, pero lucía un atractivo bronceado, probablemente de su estancia en el campamento de verano de estudios bíblicos, y por primera vez estaba…, bueno, casi guapa. Por supuesto, aparté ese pensamiento de mi cabeza de un plumazo. Ella echó un vistazo a sus compañeros. Al verme me sonrió, obviamente encantada de que estuviera en la clase de teatro. Solo más tarde comprendí el motivo.

Capítulo 2

*D*espués del instituto, mi intención era cursar estudios en la Universidad de Carolina del Norte, en Chapel Hill. Mi padre quería que fuera a Harvard o a Princetown como algunos de los hijos de otros congresistas, pero con mis notas eso no iba a ser posible. Y no es que fuera mal estudiante, no; simplemente, no me concentraba en los estudios, y mis notas no estaban, por decirlo así, a la altura de solicitar mi ingreso en una de las dos universidades más reputadas del país.

En mi último curso en el instituto, mi única esperanza era que me aceptaran en la Universidad de Carolina del Norte, la alma máter de mi padre, una institución donde él podía mover ciertos hilos, dado que gozaba de influencia. Durante uno de sus fines de semana en casa, se le ocurrió la genial idea de colocarme a la cabeza de los candidatos.

Acababa de terminar mi primera semana de clase y nos hallábamos sentados a la mesa, dispuestos a cenar. Mi padre iba a pasar tres días en casa por el puente del Día del Trabajo.

—Creo que deberías presentarte para el puesto de presidente del cuerpo estudiantil —sugirió—. Te graduarás en junio, y creo que sería un punto a tu favor en tu expediente. Tu madre también está de acuerdo, para que lo sepas.

Mi madre asintió mientras masticaba una cucharada de guisantes. Cuando mi padre estaba presente, ella no solía hablar demasiado, aunque me guiñó el ojo. A veces creo que le gustaba verme un poco angustiado, aunque fuera una mujer dulce y bondadosa.

—No creo que tenga posibilidades de ganar —contesté.

A pesar de que era el chico más rico del instituto, no era ni mucho menos el más popular. Ese honor se lo llevaba Eric Hunter, mi mejor amigo. Él podía lanzar una pelota de béisbol a casi ciento cincuenta kilómetros por hora y, dado que era el mejor jugador del instituto, había contribuido a que el equipo de fútbol ganara todos los premios estatales. Era el mejor. Incluso su nombre sonaba bien.

—Por supuesto que puedes ganar. Los Carter siempre ganamos —replicó mi padre.

Esa es otra de las razones por las que no me gustaba estar con mi padre. Durante sus escasas estancias en casa, creo que quería modelarme a su imagen y semejanza. Puesto que yo me había criado prácticamente sin él, me resentía cada vez que lo tenía cerca. Aquella era la primera conversación que manteníamos desde hacía semanas. Casi nunca hablaba conmigo por teléfono.

—Pero ¿y si no quiero hacerlo?

Mi padre bajó el tenedor, con un trozo de carne de cerdo todavía ensartado en las púas, con cara de pocos amigos. Vestía un traje, aunque en el interior de la casa la temperatura rondara los veintisiete grados; aquello le daba un aspecto más intimidante. De hecho, mi padre siempre llevaba traje.

—Creo —dijo él lentamente— que sería una buena idea.

Yo sabía que, cuando él hablaba de ese modo, no había nada más que añadir. Así funcionaban las cosas en mi familia. La palabra de mi padre era la ley. Pero la cuestión era que, incluso después de acatar su propuesta, yo no quería hacerlo.

No quería malgastar mis tardes en tediosas reuniones con los profesores después de clase —¡después de clase!— todas las semanas durante el resto del año, aportando ideas para los bailes y las fiestas de la escuela o intentando decidir de qué colores deberían ser los gallardetes. Eso era lo único que hacían los representantes de la clase, por lo menos en mis años de instituto; no era que los estudiantes gozaran de poder para tomar decisiones relevantes.

Pero en el fondo sabía que mi padre tenía razón. Si quería ir a la Universidad de Carolina del Norte, tenía que granjearme algún mérito. No jugaba al fútbol ni al béisbol, no tocaba ningún instrumento, no formaba parte del club de ajedrez ni de bolos ni nada parecido. No destacaba en ninguna asignatura; la verdad era que no sobresalía en nada. Con un creciente pesimismo, elaboré un listado de las cosas que podía hacer, pero, para ser sinceros, no es que hubiera muchas alternativas, la verdad. Podía hacer ocho nudos marineros diferentes, era capaz de caminar descalzo sobre el asfalto caliente durante mucho más rato que mis amigos, podía sostener un lápiz en equilibrio sobre el dedo índice durante treinta segundos…, pero no creía que pudiera añadir ninguno de esos méritos en la solicitud de ingreso a la universidad.

Así que me pasé toda la noche tumbado en la cama, pensando, hasta que lentamente llegué a la conclusión de que era un inútil. Gracias, papá.

A la mañana siguiente, fui al despacho del director y añadí mi nombre a la lista de candidatos. Había dos estudiantes más en la lista: John Foreman y Maggie Brown. Sabía que John no tenía ninguna posibilidad, de eso no me quedaba la menor duda. Era la clase de chico que se dedicaba a sacarte la pelusa de la ropa mientras hablaba contigo. Pero era un buen estudiante. Se sentaba en la primera fila y alzaba la mano cada vez que el profesor formulaba una pregunta. Si le pedían que contestara, casi siempre daba la respuesta correcta, y luego giraba la cara a un lado y a otro con una risita chulesca, como jactándose de su intelecto superior, comparándose con el del resto de los palurdos en la clase. Eric y yo solíamos lanzarle bolas de papel en la nuca cuando el profesor no miraba.

Maggie Brown era otra cosa. También era una buena estudiante. Había formado parte del consejo escolar durante los tres primeros años y había sido la representante de la clase el año anterior. Su única pega era que no resultaba muy atractiva, y encima había engordado nueve kilos durante el verano. Sabía que ningún chico la votaría.

Después de ver la competencia, pensé que quizá sí que tenía alguna oportunidad. Mi futuro entero pendía de aquel puesto, así que me puse a preparar mi estrategia. Eric fue el primero en apoyarme.

—Tranquilo. Haré que todos los chicos del equipo te voten, si eso es lo que realmente quieres.

—¿Y sus novias? —pregunté.

En eso se basó prácticamente toda mi campaña. Por supuesto, asistí a los debates, como se suponía que tenía que hacer, y edité los tediosos folletos de turno sobre «Qué haré si salgo elegido presidente», pero al final fue Eric Hunter quien probablemente me colocó en la posición que necesitaba. El instituto de Beaufort apenas contaba con cuatrocientos alumnos, así que era crucial obtener el voto de los deportistas. De todos modos, a la mayoría de ellos les importaba un comino votar a uno o a otro. Al final todo salió tal y como yo lo había planeado.

Salí elegido presidente del cuerpo estudiantil por una mayoría bastante amplia de votos. No tenía ni idea del lío en el que me estaba metiendo.

El año anterior había salido con una chica que se llamaba Angela Clark. Fue mi primera novia de verdad, aunque lo nuestro solo duró unos meses. Justo antes de las vacaciones de verano, me plantó por otro chico que se llamaba Lew y que tenía veinte años y trabajaba de mecánico en el taller de su padre. Su principal atributo, a mi modo de ver, era que tenía un coche bonito. Lew siempre llevaba una camiseta blanca con un paquete de cigarrillos Camel sujeto en la manga doblada. Se apoyaba en el capó de su Thunderbird, mirando hacia delante y hacia atrás, y decía cosas como: «¿Qué tal, muñeca?» cuando una chica pasaba por su lado. Era un ganador nato, no sé si me entiendes.

Bueno, a lo que iba: se acercaba el baile de inauguración del curso y, por culpa de mi fracaso con Angela, no tenía pareja para ir a la fiesta. Todos los que formábamos parte del consejo estudiantil teníamos que asistir, era obligatorio; además, debía ayudar a decorar el gimnasio y después a limpiarlo al día siguiente. Pero es cierto que, en esas ocasiones, solíamos pasarlo bien.

Llamé a un par de chicas que conocía, pero ya tenían pareja, así que lo intenté con unas cuantas más. También estaban comprometidas. A finales de semana, mis posibilidades se habían visto mermadas considerablemente. Las chicas que quedaban libres eran las que llevaban gruesas gafas de culo de botella y hablaban con la zeta.

Beaufort no había destacado nunca por ser cuna de grandes bellezas; de todos modos, tenía que encontrar pareja para el baile. No quería ir solo: ¿qué pensarían los demás? Sería el único estudiante que había ostentado el cargo de presidente del cuerpo estudiantil en toda la historia del instituto que se habría presentado solo en el baile de inauguración de curso. Acabaría siendo el tonto de turno que se pasaría toda la noche sirviendo ponche o fregando los vómitos en el cuarto de baño. Eso era lo que solían hacer los que iban sin pareja.

Me empezó a entrar el pánico. Saqué el anuario del último año y me puse a hojear las páginas una a una, buscando posibles candidatas que todavía no tuvieran pareja. Primero miré las páginas de las alumnas de último curso. Aunque muchas de ellas ya estaban en la universidad, aún quedaban algunas en el pueblo. A pesar de que no pensaba que tuviera muchas probabilidades, las llamé y, por supuesto, mis temores se vieron confirmados. No encontré a ninguna, o, mejor dicho, a ninguna que quisiera ir al baile conmigo. Empezaba a acostumbrarme al hecho de ser rechazado, te lo aseguro, aunque no sea la clase de anécdota ideal para fanfarronear delante de los nietos, cuando uno es viejo. Mi madre sabía lo que me pasaba. Entró en mi cuarto y se sentó en la cama a mi lado.

—Si no consigues pareja, estaré encantada de acompañarte —propuso.

—Gracias, mamá —contesté abatido.

Cuando se marchó de mi cuarto, me sentí aún peor. ¡Incluso mi madre no creía que fuera capaz de encontrar pareja! ¿Y si me plantaba en el baile con ella? ¡Ni que viviera cien años conseguiría superar la vergüenza!

Había otro chico que estaba en la misma situación que yo. Carey Dennison había sido elegido tesorero, y él tampoco tenía pareja. Era la clase de chico con el que nadie deseaba pasar el rato, y la única razón por la que había sido escogido para ocupar el cargo de tesorero era porque no había más candidatos. Aun así, creo que salió elegido con muy pocos votos. Carey tocaba la tuba en la banda del instituto, y su

31

cuerpo parecía totalmente desproporcionado, como si se hubiera atrofiado su crecimiento durante la pubertad.

Tenía una enorme barriga, y los brazos y las piernas desgarbados, como los habitantes de Villaquién en la película *Horton*; no sé si me entiendes. También tenía una forma de hablar estridente —por eso era tan bueno con la tuba, supongo— y se pasaba el día haciendo preguntas: «¿Adónde fuiste la semana pasada? ¿Te lo pasaste bien? ¿Había chicas?». Ni siquiera esperaba a obtener la respuesta cuando ya te bombardeaba con la siguiente pregunta mientras se movía sin parar; tenías que girar la cabeza constantemente para no perderlo de vista. De verdad, creo que era la persona más pesada que jamás haya conocido. Si no conseguía pareja para el baile, lo tendría pegado a los talones toda la noche, disparando preguntas como si fuera un fiscal trastornado.

Así que ahí estaba yo, hojeando las páginas del primer curso en el instituto, cuando vi la foto de Jamie Sullivan. Me detuve solo un segundo, luego pasé página, reprendiéndome a mí mismo por haber siquiera pensado en esa posibilidad. Me pasé la siguiente hora buscando a alguien con un aspecto mínimamente decente, hasta que poco a poco llegué a la conclusión de que no quedaba nadie. Al final, volví a la página de Jamie y miré otra vez su foto. Me dije a mí mismo que no era fea y que de verdad era una chica muy amable. Pensé que probablemente me diría que sí...

Cerré el anuario. ¿Jamie Sullivan? ¿La hija de Hegbert? ¡Ni hablar! ¡De ninguna manera! ¡Mis amigos me asarían vivo!

Pero comparado con la alternativa de ir con mi madre, o de limpiar vómitos, o incluso... de soportar al pelma de Carey Dennison...

Me pasé el resto de la tarde analizando los pros y los contras. Créeme, estuve un buen rato indeciso, pero, al final, la elección era obvia, incluso para mí. Tenía que preguntarle a Jamie si quería ser mi pareja en el baile. Me paseé arriba y abajo por mi cuarto, pensando en la mejor forma de pedírselo.

Fue entonces cuando me di cuenta de algo terrible, algo absolutamente espantoso. De repente, caí en la cuenta de que era probable que Carey Dennison estuviera haciendo lo mismo que yo estaba haciendo en ese preciso instante. ¡Probablemente él también estaba hojeando el anuario! Carey era un tipo raro, pero tampoco era la clase de chico al que le gustara limpiar vómitos y, si hubieras visto a su madre, comprenderías por qué su alternativa era incluso peor que la mía.

¿Y si le pedía a Jamie que fuera su pareja en el baile antes que yo? Jamie no lo rechazaría y, para ser realistas, ella era la única opción que Carey tenía. Nadie más aceptaría el tormento de ir al baile con él. Jamie ayudaba a todo el mundo; era una de esas santas que creía en la igualdad de oportunidades. Probablemente escucharía la voz estridente de Carey, vería la bondad que irradiaba de su corazón, mordería el anzuelo y aceptaría la proposición.

Así que allí estaba yo, sentado en mi cuarto, desesperado ante la posibilidad de que Jamie no asistiera al baile conmigo. Te aseguro que aquella noche apenas pegué ojo, lo que constituyó la experiencia más surrealista que jamás haya vivido. No creo que nadie más hubiera tenido un ataque de pánico antes que yo por pedirle a Jamie que fuera su pareja. Planeé pedírselo sin falta a la mañana siguiente, a primera hora, pero ella no estaba en el instituto. Pensé que probablemente habría ido a visitar a los huérfanos en Morehead City, tal y como hacía todos los meses.

Algunos de nosotros habíamos intentado escaquearnos de las clases con la misma excusa, pero Jamie era la única que lo había conseguido. El director sabía que ella iba a leerles cuentos, o a hacer manualidades, o simplemente a pasar un rato jugando con ellos. No se estaba escabullendo para ir a la playa o para zanganear en el bar Cecil ni nada por el estilo. Esa idea era ridícula.

—¿Ya tienes pareja para el baile? —me preguntó Eric durante el cambio de clase. Sabía perfectamente que no, pero, a pesar de ser mi mejor amigo, a veces disfrutaba chinchándome.

—Todavía no —dije—, pero estoy en ello.

Al final del pasillo, Carey Dennison estaba buscando algo en su taquilla. Te juro que me pareció que me miraba con malicia cuando pensó que no lo veía.

33

Fue un día horroroso.

Durante la última clase, los minutos pasaron despacio, muy despacio. Pensé que si Carey y yo salíamos del instituto al mismo tiempo, yo sería capaz de llegar a casa de Jamie primero, por sus piernas desmañadas y su torpeza. Me preparé para salir disparado como una bala; cuando sonó el timbre, abandoné el centro a la carrera. Recorrí unos cien metros sin apenas tocar el suelo, y entonces empecé a sentirme cansado y me entró flato. Aflojé la marcha y acabé andando, pero el flato seguía fastidiándome, así que acabé por inclinarme hacia delante y sostener mi costado derecho mientras avanzaba a paso de tortuga. Durante mi penoso recorrido por las calles de Beaufort, parecía una versión jadeante del Jorobado de Notre Dame.

A mi espalda me pareció oír las carcajadas escandalosas de Carey. Me di la vuelta al tiempo que ejercía presión sobre el costado con los dedos para aliviar el dolor, pero no vi a nadie. ¡Quizá Carey había acortado el camino por algún atajo! Ese chico era un maldito canalla. No podías fiarte de él ni por un minuto.

Aceleré el paso, bamboleándome, hasta llegar a la calle de Jamie. A esas alturas estaba totalmente empapado de sudor, con la camisa calada, y todavía resollaba de forma exagerada. La cuestión es que me planté delante de la puerta principal, me tomé unos segundos para recuperar el aliento y, al final, llamé a la puerta. A pesar de mi atropellada carrera hasta su casa, mi lado pesimista me decía que Carey sería quien abriría la puerta. Lo imaginé sonriéndome con porte victorioso, como diciéndome: «Lo siento, chaval; llegas tarde».

Pero no fue Carey quien abrió la puerta, sino Jamie. Por primera vez en mi vida, la vi tal y como sería si fuera una persona normal y corriente. Iba vestida con unos pantalones vaqueros y una blusa roja. Aunque llevaba el pelo sujeto en un moño, ofrecía un aspecto más informal que de costumbre. Pensé que, si se lo proponía, podía incluso estar mona.

—¡Landon! —dijo ella mientras mantenía la puerta abierta—. ¡Qué sorpresa!

Jamie siempre se alegraba de ver a cualquiera, incluido a mí, aunque creo que realmente se quedó sorprendida con mi presencia.

—¿Has venido corriendo? —preguntó.

—No —mentí, y acto seguido me sequé el sudor de la frente. Por suerte el flato empezaba a ceder.

—Pues estás totalmente empapado de sudor; incluso se te pega la camisa al cuerpo.

—¡Ah! ¿Lo dices por eso? —Me miré la camisa con porte indiferente—. No es nada; lo único es que a veces sudo mucho.

—Quizá deberías consultarlo con un médico.

—Ya se me pasará, tranquila.

—De todos modos, rezaré por ti —dijo mientras sonreía.

Jamie siempre estaba rezando por alguien. No me importaba unirme al club.

—Gracias.

Miró hacia el suelo y movió los pies, visiblemente incómoda.

—Te invitaría a entrar, pero mi padre no está en casa, y no quiere que entre ningún chico si él no está.

—Oh —contesté desanimado—. No pasa nada. Podemos hablar aquí fuera, si quieres.

Si de mí hubiera dependido, habría preferido hacerlo dentro.

—¿Te apetece un vaso de limonada mientras charlamos? Acabo de preparar una jarra.

—Me encantaría —acepté.

—¡No tardaré ni un minuto!

Jamie entró en casa, pero dejó la puerta abierta y yo aproveché para echar un rápido vistazo. La casa era pequeña pero pulcra, con un piano apoyado contra una pared y un sofá contra la otra. Un pequeño ventilador oscilaba estable en un rincón. En la mesita de centro había libros con títulos como *Escuchar a Jesús* y *La fe mueve montañas*. La Biblia de Jamie también engrosaba la pila de libros; estaba abierta por el Evangelio según San Lucas.

Un momento después, regresó con la limonada y tomamos asiento en dos sillas situadas en un rincón del porche. Sabía que ella y su padre se sentaban allí al atardecer; los había visto alguna vez que había pasado por delante de su casa. Tan pronto como nos sentamos, vi a la señora Hastings, la vecina de la casa situada al otro lado de la calle, que nos saludaba cordialmente. Jamie le devolvió el saludo; yo, por mi parte, procuré escudarme con la silla para que la señora Hastings no pudiera verme la cara. Aunque mi intención era pedirle a Jamie que fuera mi pareja, no quería que nadie —ni siquiera la señora Hastings— me viera allí, por si Jamie ya había aceptado la propuesta de Carey.

Una cosa era salir con aquella chica, pero que me rechazara por un tipo como Carey era harina de otro costal.

—¿Qué haces? —me preguntó Jamie—. Estás moviendo tu silla hacia el sol.

—Me gusta el sol —respondí. No obstante, ella tenía razón. Casi inmediatamente, empecé a notar los abrasadores rayos del sol a través de la camisa, y me puse a sudar de nuevo.

—Bueno, si eso es lo que quieres... —concluyó ella, sonriendo—. Y ahora dime, ¿de qué querías hablar conmigo?

Jamie alzó las manos y empezó a recomponerse el pelo. Me parecía que no se le había movido ni un solo cabello de la cabeza. Respiré hondo, procurando serenarme, pero fui incapaz de formular la pregunta. En lugar de eso, solté:

—¿Has ido al orfanato, hoy?

Jamie me miró con curiosidad.

—No, he ido con mi padre a la consulta del médico.

—¿Se encuentra bien?

Ella sonrió.

—Sano y fuerte como un roble.

Asentí con la cabeza. A continuación, desvié la vista hacia la calle. La señora Hastings se había metido de nuevo en casa, y no vi a nadie más del vecindario. No había moros en la costa, pero todavía no me sentía preparado.

—Qué día más bonito, ¿verdad? —murmuré, con palmaria tensión.

—Sí, muy bonito.

—Además, hace calor.

—Eso es porque estás en el sol.

Miré a mi alrededor, al tiempo que sentía cómo crecía una presión en mi pecho.

—Vaya, vaya, diría que no hay ni una sola nube en el cielo.

Esta vez Jamie no contestó. Permanecimos sentados en silencio durante unos momentos.

—Landon —dijo ella al final—, no creo que hayas venido hasta aquí para hablar del tiempo, ¿no?

—No, la verdad es que no.

—Entonces, ¿por qué has venido?

Había llegado el momento de la verdad. Carraspeé, nervioso.

—Bueno…, quería saber si vas a ir al baile de inauguración de curso.

—¡Ah! —exclamó ella. Por su tono parecía como si no fuera consciente de la existencia de tal baile. Me moví inquieto en la silla, a la espera de su respuesta.

—La verdad es que no planeaba ir —puntualizó finalmente.

—Pero si alguien te pidiera que fueras su pareja, ¿irías?

Jamie reflexionó un momento antes de contestar.

—No estoy segura —aclaró en actitud pensativa—. Supongo que iría, si tuviera una oportunidad. Nunca he estado en un baile de inauguración de curso.

—Es divertido —me apresuré a decir—. Bueno, tampoco muy muy divertido, que digamos, pero bastante divertido.

«Especialmente, comparado con mis otras opciones», pensé, aunque no lo dije en voz alta.

Ella sonrió.

—Tendría que consultarlo con mi padre, por supuesto, pero si él me diera permiso, entonces supongo que sí que iría.

En el árbol contiguo al porche, un pájaro empezó a trinar escandalosamente, como para indicar que yo no debería estar allí. Me concentré en el sonido, intentando calmar los incómodos nervios que sentía. Dos días antes, ni siquiera habría podido imaginar la posibilidad de pedirle a Jamie que fuera mi pareja, pero allí estaba yo, escuchándome a mí mismo mientras pronunciaba las palabras mágicas.

—¿Te gustaría ir al baile conmigo?

Su sorpresa no me pasó inadvertida. Creo que pensó que aquel pequeño interrogatorio que había precedido a la pregunta tal vez tuviera que ver con algún chico que quería pedirle que fuera su pareja. A veces, los adolescentes enviábamos a un amigo a «tantear el terreno», por decirlo de algún modo, para no tener que enfrentarnos a un posible rechazo. A pesar de que Jamie no era como el resto de los adolescentes, estoy seguro de que estaba familiarizada con aquello, al menos en teoría.

En vez de contestar de inmediato, desvió la mirada hacia un lado. Durante unos momentos que me parecieron interminables, sentí un desapacible peso en el estómago, porque supuse que iba a decir que no. De repente, mi cabeza se vio inundada por las visiones de mi madre, de vómitos y de Carey, y de pronto me arrepentí por cómo me había comportado con Jamie durante todos aquellos años. No podía dejar de pensar en todas las veces que le había gastado bromas, que había llamado a su padre «fornicador» o que, simplemente, me había reído de ella a sus espaldas. Justo cuando me sentía más abrumado por la situación, imaginando cómo iba a ser capaz de dar esquinazo a Carey durante cinco horas, ella volvió a mirarme, con una leve sonrisa en los labios.

—Me encantaría —dijo al final—, pero con una condición.

Erguí la espalda, esperando que no fuera a pedirme algo horroroso.

—¿Qué condición?

—Has de prometerme que no te enamorarás de mí.

Sabía que ella estaba bromeando por la forma en que se echó a reír, e inevitablemente suspiré aliviado. Tenía que admitir que, a veces, Jamie demostraba un gran sentido del humor.

Sonreí y le di mi palabra.

Capítulo 3

Como norma general, los miembros de la iglesia bautista del sur no bailan. En Beaufort, sin embargo, aquella no era una regla estricta. El reverendo que había precedido a Hegbert —no me preguntes cómo se llamaba— adoptó un enfoque más laxo sobre la asistencia a bailes en el instituto siempre que los alumnos estuvieran acompañados por algún adulto, así que esos bailes se habían convertido en algo tradicional entre la congregación. Cuando Hegbert ocupó su puesto, ya era demasiado tarde para cambiar de criterio. Jamie era seguramente la única chica que no había asistido a ningún baile en el instituto, y, con toda franqueza, no estaba seguro de si sabía bailar.

He de admitir que también estaba preocupado por cómo iría vestida, aunque no me atreviera a decírselo. Cuando asistía a actos sociales en la iglesia —promovidos por Hegbert— normalmente llevaba un viejo jersey y una de sus faldas de cuadros que veíamos en el instituto todos los días, pero se suponía que el baile de inauguración de curso era una celebración especial. La mayoría de las chicas se compraban un vestido nuevo, y los chicos iban con traje, y aquel año los organizadores habían contratado a un fotógrafo para que inmortalizara a los asistentes.

Sabía que Jamie no pensaba comprarse un vestido nuevo, pues no era, exactamente, rica. No se ganaba mucho dinero con el oficio de reverendo, pero era evidente que los que ejercían la profesión no lo hacían por motivos económicos, sino por una compensación más bien a largo plazo; no sé si me entiendes. Pero yo tampoco quería que Jamie asistiera con el mismo atuendo insulso que llevaba en el instituto todos los días; no tanto por mí —no soy tan superficial—, sino por lo que dirían los demás. No deseaba que la gente se riera de ella ni nada parecido.

La buena noticia, si es que había alguna, era que Eric no me chinchó demasiado con lo de Jamie, porque estaba ocupado pensando en su propia pareja. Iba a asistir al baile con Margaret Hays, la jefa de las animadoras del equipo de béisbol. No es que fuera la chica más espabilada del instituto, que digamos, pero era bonita..., bueno..., tenía las piernas bonitas. Eric sugirió que fuéramos los cuatro juntos, pero rechacé su propuesta: no quería arriesgarme a que se burlara de Jamie ni nada por el estilo. Era un buen chico, pero a veces podía ser un poco desalmado, especialmente después de tomar unos tragos de bourbon.

El día del baile fue bastante ajetreado para mí. Me pasé casi toda la tarde ayudando a decorar el gimnasio, y tenía que ir a buscar a Jamie media hora antes porque su padre quería hablar conmigo, aunque no sabía de qué. Jamie me lo había anunciado el día anterior, y no puedo decir que la idea me entusiasmara mucho. Suponía que Hegbert me iba a hablar de la tentación y del camino del mal al que, irremediablemente, nos podía conducir la tentación.

Si sacaba a colación el tema de fornicar, sin embargo, sabía que me daría un patatús allí mismo. Me pasé el día rezando con la esperanza de evitar esa conversación, pero no estaba seguro de si Dios atendería mis plegarias, dada la situación; no sé si me entiendes, me refiero a la forma en que me había comportado con Hegbert en el pasado. Solo con pensar en ello, me ponía aún más tenso.

Después de ducharme, me vestí con mi mejor traje, pasé por la floristería para recoger el ramillete de Jamie y conduje hasta su casa. Mi madre me había prestado el coche. Lo aparqué en la calle justo delante de la casa de Jamie. Todavía no habíamos retrasado la hora en el reloj por el horario de invierno, así que aún había luz natural cuando llegué. Recorrí a paso ligero las resquebrajadas baldosas hasta su puerta. Llamé y esperé un momento, luego volví a llamar. Al otro lado oí que Hegbert decía: «¡Ya va!», aunque la verdad es que no se apresuró a abrir la puerta. Probablemente permanecí allí plantado unos dos minutos, con la vista fija en la puerta, en las molduras, en las pequeñas grietas de los marcos de las ventanas. En la otra punta del porche, vi las dos sillas en las que Jamie y yo nos habíamos sentado unos días antes. La silla en la que yo me había sentado todavía estaba girada en la dirección opuesta. Supongo que no se habían sentado allí en los dos últimos días.

Por fin se abrió la puerta. La luz proveniente de una lámpara en el interior dibujó unas tenues sombras en la cara de Hegbert y se filtró a través de su pelo. Era un anciano, tal y como ya he comentado antes; según creo, tenía setenta y dos años. Era la primera vez que lo veía de tan cerca, y pude ver todas las arrugas que surcaban su cara. Su piel era realmente translúcida, incluso más de como la había imaginado.

—Hola, reverendo —saludé, tragándome los nervios—. He venido a buscar a Jamie para llevarla al baile de inauguración del curso.

—Ya lo sé —replicó—. Pero, primero, quiero hablar contigo.

—Sí, señor, por eso he venido antes.

—Pasa.

En la iglesia, Hegbert vestía con elegancia, pero en ese momento tenía el aspecto de un granjero, con un mono con tirantes y una camisa. Me hizo una señal para que me sentara en la silla de madera que había traído de la cocina.

—Siento haberme demorado en abrir la puerta, pero estaba acabando de pulir el sermón de mañana —se excusó.

Me senté.

—No pasa nada, señor.

No sé por qué, pero todos lo llamábamos «señor». Supongo que proyectaba esa imagen de respeto.

—Muy bien; entonces, háblame de ti.

Pensé que se trataba de una pregunta un tanto ridícula, ya que Hegbert conocía perfectamente la historia de mi familia y de todos nosotros. Además, era él quien me había bautizado, y me había visto en misa todos los domingos desde que era un bebé.

—Bueno, señor —balbuceé, sin saber exactamente qué decir—, soy el presidente del cuerpo estudiantil. No sé si Jamie lo habrá mencionado.

Hegbert asintió.

—Lo ha hecho. Sigue.

—Y…, bueno…, espero ir a la Universidad de Carolina del Norte el próximo otoño. Ya he recibido la solicitud.

El reverendo volvió a asentir con la cabeza.

—¿Algo más?

Tenía que admitir que me estaba quedando sin ideas. Una parte de mí quería agarrar el lápiz que había sobre la mesita de centro y empezar a hacer equilibrios con él, para ofrecerle a Hegbert una entretenida experiencia durante treinta segundos, pero él no era la clase de persona capaz de apreciar aquel talento.

—Supongo que eso es todo, señor.

—¿Te importa si te hago una pregunta?

—No, señor.

Hegbert me miró fijamente durante unos larguísimos segundos, en actitud reflexiva.

—¿Por qué le has pedido a mi hija que te acompañe al baile? —preguntó al final.

Me quedé desconcertado, y sé que mi expresión me delató.

—No sé a qué se refiere, señor.

—No planearás hacer nada que… pueda avergonzarla, ¿no?

—¡De ningún modo, señor! —me apresuré a contestar, escandalizado ante tal acusación—. Necesitaba una pareja para el baile, y se lo pedí a ella; eso es todo.

—¿No habrás planeado ninguna jugarreta?

—¡No, señor! No sería capaz de hacerle una trastada a Jamie ni nada parecido…

El interrogatorio duró unos minutos más, me refiero a sus preguntas para averiguar mis verdaderas intenciones. Por suerte, Jamie apareció en el umbral. Su padre y yo giramos la cabeza al mismo tiempo. Hegbert dejó de hablar; suspiré, aliviado. Ella se había puesto una bonita falda de color azul y una blusa blanca; no se la había visto antes. Por suerte, había dejado el jersey en el armario. La verdad es que no tenía mal aspecto, aunque sabía que, de todos modos, desentonaría, en comparación con las otras chicas de baile. Como siempre, llevaba el pelo recogido en un moño. Personalmente, creo que habría estado más guapa si se lo hubiera dejado suelto, pero esa era la última observación que se me habría ocurrido hacer. El aspecto de Jamie era…, bueno, el de costumbre, pero por lo menos no planeaba salir con la Biblia bajo el brazo. Eso habría sido demasiado duro de digerir para mí.

—No estarás atosigando a Landon, ¿eh? —Jamie reprendió a su padre en un tono alegre y jovial.

—No, solo estábamos conversando —me apresuré a contestar antes de que Hegbert tuviera la oportunidad de hacerlo primero. Por alguna razón, no quería que le contara a Jamie su opinión sobre qué clase de persona era yo, ni tampoco pensaba que fuera el momento más oportuno para hacerlo.

—Bueno, será mejor que nos marchemos —sugirió ella después de un momento. Creo que notó la tensión en la sala. Avanzó hacia su padre y le dio un beso en la mejilla—. No te quedes despierto hasta muy tarde preparando el sermón, ¿de acuerdo?

—No, tranquila —contestó él con suavidad.

Incluso conmigo allí no tenía reparos en demostrar lo mucho que amaba a su hija. En esa sala, el único problema era la opinión que Hegbert tenía de mí.

Nos despedimos. De camino hacia el coche le entregué a Jamie su ramillete y le dije que le enseñaría a sujetárselo en la solapa cuando estuviéramos en el coche. Le abrí la puerta y después caminé hasta el otro lado, entonces me metí dentro. En ese corto intervalo de tiempo, Jamie ya se había puesto el ramillete en la solapa de la blusa.

—Para que lo sepas, no soy tan mema como para no saber sujetar un ramillete con un alfiler.

Arranqué el motor y conduje hacia el instituto, sin poder quitarme de la cabeza la conversación con Hegbert.

—A mi padre no le gustas mucho, que digamos —dijo, como si adivinara mis pensamientos.

43

Asentí sin contestar nada.

—Piensa que eres un irresponsable.

Volví a asentir.

—Y tampoco le gusta mucho tu padre.

Asentí de nuevo.

—Ni tu familia.

«Ya lo capto.»

—Pero ¿sabes lo que creo yo? —añadió de repente.

—No. —Llegados a ese punto, me sentía totalmente denigrado.

—Creo que es el designio del Señor. ¿Qué conclusión sacas de todo esto?

«Ya estamos otra vez», pensé para mis adentros.

Si quieres que te diga la verdad, dudo que la fiesta hubiera podido resultar más nefasta. La mayoría de mis amigos mantuvieron las distancias, y, dado que Jamie no tenía muchas amigas, pasamos la mayor parte del tiempo solos. ¡Peor aún! Por lo visto, no era indispensable mi presencia. Habían cambiado la regla porque Carey al final no había conseguido pareja, así que, cuando me enteré, me sentí bastante deprimido. Pero después de la conversación con Hegbert, no podía llevarla a casa temprano, ¿no? Además, era evidente que Jamie se lo estaba pasando bien.

Le encantaban los adornos que yo había ayudado a colgar, le encantaba la música, le encantaba todo lo concerniente al baile. No paraba de decirme lo maravilloso que era todo, y me preguntó si la ayudaría a decorar la iglesia algún día, para uno de los actos sociales que organizaban de vez en cuando. Yo me limité a murmurar un «de acuerdo» y, aunque lo dije con desgana, Jamie me dio las gracias por ser tan considerado. Para ser sincero, me pasé como mínimo la primera hora totalmente deprimido, aunque ella no pareció darse cuenta.

Jamie tenía que estar en casa a las once de la noche, una hora antes de que acabara el baile (mejor para mí). Cuando la música empezó a sonar, nos dirigimos a la pista, y resultó que Jamie bailaba bastante bien, teniendo en cuenta que era su primera vez. Siguió mi ritmo sin problemas durante una docena de canciones, y después enfilamos hacia la sección de las mesas y mantuvimos lo que, en teoría, podría considerarse una conversación normal. Por supuesto, ella soltó palabras como «fe» y «gozo», e incluso «salvación». Además, habló sobre ayudar a los huérfanos y recoger animales heridos en la autovía; rezumaba tanto entusiasmo que era imposible seguir deprimido.

Así que al principio la cosa no fue tan mal; de hecho, no fue peor de lo que esperaba. Sin embargo, cuando aparecieron Lew y Angela, la situación se puso realmente fea.

Llegaron unos minutos después de que nos sentáramos a una de las mesas. Él llevaba su ridícula camiseta, con el paquete de Camel sujeto en la manga doblada y el pelo embadurnado de gomina. Angela se pegó a él como un pulpo; no era necesario ser un genio para darse cuenta de que había tomado unas copas de más antes de llegar a la fiesta. Llevaba un vestido despampanante (su madre trabajaba en un salón de belleza y estaba al día en cuanto a las últimas tendencias). También me fijé en que Angela se había apuntado a la moda de ese hábito tan femenino de mascar chicle. ¡Y cómo lo mascaba! De una forma tan exagerada que parecía una vaca rumiando.

Bueno, la cuestión es que el bueno de Lew se apoderó del cucharón y empezó a servir ponche en porciones generosas, por lo que unos cuantos asistentes empezaron a ponerse achispados. Cuando los profesores se dieron cuenta de lo que pasaba, ya casi se había acabado el ponche y muchos exhibían la típica mirada vidriosa.

Cuando vi a Angela apurar su segundo vaso de ponche de un trago, me dije que sería mejor no perderla de vista. Aunque me hubiera plantado por otro, no quería que le pasara nada malo. Era la primera chica a la que había dado un morreo y, aunque nuestros dientes chocaron tan bruscamente la primera vez que lo intentamos que incluso vi las estrellas y tuve que tomarme una aspirina cuando llegué a casa, todavía sentía algo por ella.

Así que allí estaba yo, sentado con Jamie, sin apenas prestar atención a su descripción de las maravillas del campa-

45

mento de estudios bíblicos, espiando a Angela por el rabillo del ojo. Y fue entonces cuando Lew me pilló mirándola. Con un movimiento brusco, agarró a Angela por la cintura y la arrastró hasta nuestra mesa con cara de pocos amigos, con esa clase de mirada de «no te metas en mis asuntos»; ya sabes a qué me refiero, ¿no?

—¿Estás mirando a mi chica? —me soltó, en un tono agresivo.

—No.

—¡Sí que me estaba mirando! —arremetió Angela. Se le trababa la lengua al hablar—. Me estaba mirando descaradamente. Es mi exnovio, ¿sabes? Ese del que te hablé.

Los ojos de Lew se achicaron como un par de rendijas, de una forma muy parecida a como solían hacerlo los de Hegbert. Supongo que provoco ese efecto en mucha gente.

—Así que eres tú —dijo él en actitud desdeñosa.

Veamos, no es que a mí me vayan las peleas; la única en la que me había visto involucrado sucedió cuando tenía ocho años, y prácticamente la perdí al romper a llorar antes de que el otro niño me atizara. No solía costarme nada mantenerme alejado de esa clase de situaciones gracias a mi carácter pasivo; además, nadie se atrevía a meterse conmigo cuando Eric estaba cerca. Pero en ese preciso momento, Eric no estaba por allí; probablemente estaba en algún rincón apartado de las gradas del gimnasio con Margaret.

—No la estaba mirando —repliqué al final—. Y tampoco sé qué es lo que ella te habrá contado de mí, pero dudo que sea verdad.

Lew entrecerró nuevamente los ojos.

—¿Estás llamando mentirosa a Angela? —me provocó.

Uy, uy, uuuyyyy…

Creo que él me habría atizado un puñetazo ahí mismo si Jamie no se hubiera entrometido.

—¿Nos conocemos? —preguntó en un tono jovial, mirando a Lew directamente a los ojos. A veces, Jamie parecía no darse cuenta de lo que pasaba justo delante de sus narices—. ¡Espera! ¡Sí! ¡Claro! Trabajas en el taller de coches de tu padre. Tu padre se llama Joe, y tu abuela vive en Foster Road, junto al paso a nivel.

La cara de Lew reflejó su confusión, como si estuviera intentando descifrar un rompecabezas muy intricado.

—¿Cómo sabes todo eso? ¿Acaso este mequetrefe te ha contado mi vida?

—¡No seas ridículo! —respondió Jamie, riéndose para sí. Solo Jamie sabía encontrar una nota de humor en una situación como aquella—. Vi tu foto en casa de tu abuela. Pasaba por allí, y ella necesitaba que le echaran una mano con la compra. Tiene una foto tuya sobre la repisa de la chimenea.

Lew miraba a Jamie como si a la chica le hubieran salido un par de cuernos de las orejas.

Entre tanto, ella se estaba abanicando con la mano.

—Queríamos sentarnos un ratito a descansar, después de bailar. Hace calor en la pista, ¿eh? ¿Os apetece sentaros con nosotros? Hay un par de sillas que no están ocupadas. Me encantaría que me contaras qué tal está tu abuela.

Parecía tan entusiasmada con la idea que Lew no sabía qué hacer. A diferencia de nosotros —los compañeros de clase de Jamie—, que ya estábamos acostumbrados a sus salidas, él nunca se había cruzado con una persona como ella. Se quedó de pie, paralizado durante unos momentos, intentando decidir si dar un puñetazo al chico que iba con la chica que había ayudado a su abuela. Si a ti te parece confuso, imagina lo que eso le estaba haciendo al cerebro dañado de nicotina de Lew.

Al final, se alejó con aire contrariado, sin responder, arrastrando a Angela con él. Probablemente, Angela había olvidado el motivo de la disputa, teniendo en cuenta la generosa cantidad de alcohol que había ingerido. Jamie y yo los observamos mientras se alejaban. Cuando Lew estuvo a una distancia prudente, respiré aliviado. Ni siquiera me había dado cuenta de que había estado conteniendo la respiración.

Cuando caí en la cuenta de que Jamie —¡Jamie!— había evitado que acabara gravemente herido, murmuré un «gracias» como un corderito.

Ella me miró extrañada.

—¿Por qué? —me preguntó y, cuando no alegué nada, ella reanudó su historia sobre el campamento de estudios bíblicos, como si no hubiera pasado nada.

47

Esta vez, sin embargo, la escuché con atención, al menos con uno de mis oídos. Era lo mínimo que podía hacer.

Pero esa no fue la última vez que vi a Angela y a Lew aquella noche. Las dos copas de ponche habían surtido un efecto nocivo en Angela, y la pobre vomitó por todas partes en el cuarto de baño de las chicas. Lew, tan fino él, se largó cuando vio que ella empezaba a perder la compostura; se escabulló sigilosamente por donde había llegado, y ya no volvimos a verlo.

El destino quiso que fuera Jamie quien encontrara a Angela en el lavabo; no se sostenía en pie. La única opción era limpiarle el vestido, echarle un buen chorro de agua a la cara y llevarla a casa antes de que los profesores descubrieran su deplorable estado. En aquella época se consideraba que emborracharse era una falta muy grave, así que Angela se enfrentaba a la posibilidad de que la expulsaran unos días del instituto, quizás incluso definitivamente, si la pillaban.

Jamie, con su corazón de oro, no quería que eso sucediera; si me hubieras preguntado de antemano, tal vez hubiera pensado lo contrario, dado que Angela era una menor y había infringido las reglas al beber alcohol. Además, había roto otra de las normas de Hegbert al comportarse inadecuadamente. Al pastor le indignaba la gente que infringía las reglas y bebía alcohol, y, aunque esos actos indecorosos no lo sacaran tanto de sus casillas como la fornicación, todos sabíamos que también los consideraba faltas extremadamente graves, por lo que suponíamos que para Jamie también debían serlo.

Y quizá fuera así, pero su instinto de ayudar al prójimo se apoderó de ella. Probablemente miró a Angela y pensó «criatura herida» o algo parecido, y de inmediato se hizo cargo de la situación. Fui en busca de Eric y lo encontré en las gradas del gimnasio; él convino en montar guardia en la puerta del lavabo mientras Jamie y yo nos encerrábamos dentro para limpiar aquella inmundicia.

Angela había hecho un magnífico trabajo, te lo aseguro; había vomitado por todas partes —las paredes, el suelo, las pilas, ¡incluso el techo, aunque no me preguntes cómo!—, excepto en el retrete. Así que allí estaba yo, a cuatro patas, limpiando vómitos en la fiesta de inauguración del curso, con mi mejor traje; precisamente lo que había intentado evitar desde el principio. Y Jamie, mi pareja, también estaba a cuatro patas, haciendo justo lo mismo.

Prácticamente podía oír a Carey riéndose de mí a carcajada limpia.

Al final, salimos con sigilo por la puerta trasera del gimnasio, mientras manteníamos a Angela estable, agarrándola cada uno por un brazo. La pobre no paraba de preguntar dónde estaba Lew. Jamie le dijo que no se preocupara. Le hablaba en un tono reconfortante, pero Angela no se enteraba de nada; dudo mucho que ni siquiera supiera quién le estaba hablando.

La tumbamos en la banqueta trasera de mi coche, donde se quedó dormida casi de inmediato, no sin antes vomitar otra vez en el suelo del vehículo. El hedor era tan insoportable que tuvimos que bajar las ventanillas para no vomitar nosotros también. El camino hasta la casa de Angela se hizo muy largo. Su madre nos abrió la puerta, echó un vistazo a su hija y se la llevó dentro sin siquiera darnos las gracias. Creo que estaba avergonzada. De todos modos, nosotros tampoco sabíamos qué decir; estaba claro lo que había pasado.

Eran ya las once menos cuarto cuando dejamos a Angela en su casa. Desde allí, conduje directamente hasta la casa de Jamie. Estaba preocupado por su aspecto deplorable y el tufo que desprendía, así que recé en silencio para que Hegbert no estuviera despierto. No quería tener que dar explicaciones. Probablemente, él escucharía a Jamie con atención, si ella le contaba lo que había pasado, pero yo tenía la desagradable impresión de que, de un modo u otro, Hegbert hallaría la forma de acusarme de lo que había sucedido.

La acompañé hasta la puerta y permanecimos unos momentos fuera, bajo la luz del porche. Jamie cruzó los brazos y sonrió levemente, encantada, como si acabara de regresar de un paseo nocturno en el que se hubiera dedicado a contemplar la belleza del mundo.

—Por favor, no le cuentes nada a tu padre —le supliqué.

—No lo haré —dijo ella. Seguía sonriendo, hasta que al

final se dio la vuelta—. Lo he pasado muy bien. Gracias por invitarme a ir al baile.

Allí estaba ella, cubierta de vómitos, y encima dándome las gracias por la velada. A veces, Jamie Sullivan podía sacarte de quicio.

Capítulo 4

*E*n las dos semanas siguientes al baile, mi vida volvió a recuperar más a menos la normalidad. Mi padre regresó a Washington D. C., por lo que la situación fue mucho más llevadera en casa, básicamente porque de nuevo ya podía escabullirme por la ventana para mis incursiones nocturnas al cementerio. No sé qué le veíamos a ese lugar para que nos atrajera tanto; quizá fuera por las lápidas, porque resultaba cómodo sentarse sobre ellas.

Solíamos reunirnos en un pequeño terreno donde estaban enterrados los miembros de la familia Preston que habían fallecido en los últimos cien años, más o menos. Había ocho lápidas, distribuidas en círculo, por lo que podíamos sentarnos en corro para pasarnos los cacahuetes hervidos. Una vez, mis amigos y yo decidimos indagar sobre la familia Preston: fuimos a la biblioteca para averiguar si había algo escrito sobre ellos. La cuestión es que, si vas a sentarte en la lápida de alguien, por lo menos deberías saber algo sobre esa persona, ¿no?

Resultó que los archivos históricos no contenían mucha información sobre la familia Preston, aunque sí que encontramos una pequeña perla: Henry Preston, el padre, era un leñador manco, lo creas o no. Por lo visto, podía talar un árbol con la misma celeridad y precisión que cualquier otro hombre con dos brazos.

La visión de un leñador manco no deja de ser sugerente, así que empezamos a especular sobre él. Solíamos preguntarnos qué más podía hacer con un solo brazo, y nos pasábamos largas horas charlando sobre con qué rapidez sería capaz de darle a una pelota con un bate de béisbol o si podría atravesar a nado el canal intracostero. Admito que no eran unas conversaciones de alto nivel cultural, pero lo cierto es que me lo pasaba bien.

Un sábado por la noche, Eric y yo habíamos salido con un par de amigos. Estábamos comiendo cacahuetes hervidos y hablando sobre Henry Preston cuando Eric me preguntó qué tal había ido mi «cita» con Jamie Sullivan. Desde el baile apenas había coincidido con él, porque ya había empezado la temporada de fútbol y Eric había estado fuera del pueblo los dos fines de semana previos, con el equipo del instituto.

—Ah, bien —contesté, encogiéndome de hombros, intentando mantener una actitud indolente.

Eric me propinó un codazo de complicidad en las costillas, y yo resollé. Él pesaba, como mínimo, catorce kilos más que yo.

—¿Le diste un beso de despedida?

—No.

Tomó un largo trago de su lata de Budweiser mientras yo contestaba. No sé cómo lo hacía, pero Eric nunca tenía problemas para comprar cerveza, lo cual era extraño, pues todo el mundo en el pueblo sabía que era menor de edad.

Se secó los labios con el reverso de la mano mientras me miraba de soslayo.

—Pensaba que, después de que ella te ayudara a limpiar el lavabo, como mínimo le darías un beso de despedida.

—Pues no lo hice.

—Pero ¿lo intentaste?

—No.

—¿Por qué no?

—No es de esa clase de chicas —contesté y, aunque todos sabíamos que era verdad, igualmente pareció como si la estuviera defendiendo.

Eric se aferró a mi evasiva como una garrapata.

—Me parece que te gusta —dijo con retintín.

—Tú estás tonto, chaval —repliqué, y él me dio una palmada en la espalda con tanto ímpetu que tuve que toser. Cuando salía por ahí con Eric, a la mañana siguiente solía levantarme con algún que otro morado.

—Ya, quizás esté tonto —contrarrestó, guiñándome el ojo—, pero fuiste tú quien le pidió a Jamie Sullivan que saliera contigo.

Sabía que nos estábamos metiendo en un terreno peligroso.

—Mira, solo lo hice para impresionar a Margaret —me excusé—. Y con todas las notas de amor que me ha estado enviando últimamente, supongo que la estrategia ha funcionado.

Eric rio a mandíbula batiente y me propinó otra fuerte palmada en la espalda.

—Sí, claro, Margaret y tú... Seguro. ¡Eso sí que tiene gracia!

Sabía que había esquivado una bala certera; suspiré aliviado al ver que la conversación viraba hacia otros derroteros. De vez en cuando, intervenía con algún comentario, aunque la verdad es que no estaba de verdad atento a lo que decían. En vez de eso, seguía oyendo esa vocecita interior que le daba vueltas a lo que Eric había dicho.

La cuestión era que probablemente Jamie era la mejor pareja que habría podido tener aquella noche, sobre todo teniendo en cuenta cómo había acabado la velada. No muchas parejas —¡qué diantre!, no muchas personas, y punto— se habrían comportado como ella. No obstante, por más que Jamie hubiera estado ejemplar, eso no significaba que me gustara. No había vuelto a hablar con ella desde el baile, excepto en las clases de teatro, e incluso en tales ocasiones solo habíamos intercambiado unas pocas palabras irrelevantes.

Me decía a mí mismo que, si de verdad me gustara, habría intentado hablar con ella. Si de verdad me gustara, me habría ofrecido a acompañarla hasta su casa andando. Si de verdad me gustara, habría querido llevarla al bar Cecil para compartir una cesta de buñuelos de maíz y una Royal Crown Cola. Pero yo no quería hacer nada de eso con Jamie, de verdad que no. En mi opinión, ya había cumplido mi penitencia.

Al día siguiente, domingo, estaba en mi cuarto, inmerso en la redacción de mi solicitud para la Universidad de Caro-

53

lina del Norte. Además de las notas de mi instituto y otros datos personales, pedían cinco redacciones sobre algunos temas típicos: «si pudieras conocer a un personaje histórico, quién sería y por qué; cuál ha sido la influencia más significativa en tu vida y por qué crees que es tan relevante; qué buscas en un modelo de conducta y por qué». Los temas para las redacciones eran predecibles —nuestra profesora de Lengua ya nos había puesto al corriente de lo que podíamos esperar— y yo ya estaba desarrollando un par de ideas en clase, a modo de deberes escolares.

Probablemente, la asignatura de Lengua era la que se me daba mejor. Nunca había sacado una nota inferior a sobresaliente, desde mi primer curso en el instituto, y me alegraba de que en el proceso de solicitud de ingreso fueran tan importantes aquellos ejercicios de redacción. Si le hubieran dado importancia a las matemáticas, seguramente habría tenido problemas, sobre todo si hubieran incluido uno de esos problemas de álgebra que plantea el caso de dos trenes que parten con una hora de diferencia y que circulan en direcciones opuestas a setenta kilómetros por hora... No es que se me dieran mal las mates —normalmente, solía aprobar—, pero no tenía una facilidad innata para los números; no sé si me entiendes.

Bueno, a lo que iba: estaba escribiendo una de mis redacciones cuando sonó el teléfono. El único aparato que teníamos estaba en la cocina, así que tuve que bajar las escaleras corriendo para contestar. Resollaba tan fuerte que no reconocí la voz al otro lado de la línea, aunque pensé que se parecía a la de Angela. Inmediatamente sonreí para mis adentros. Aunque vomitó por todas partes y fui yo quien tuvo que limpiarlo todo, no me desagradó estar con ella tanto rato. Además, su vestido era digno de ver, al menos durante la primera hora. Pensé que probablemente me llamaba para darme las gracias o incluso para proponer que saliéramos a comer un bocadillo o unos buñuelos de maíz o algo por el estilo.

—¿Landon?

—¡Ah! Hola, ¿qué tal? —contesté, con una aparente tranquilidad.

Hubo una pequeña pausa al otro lado de la línea.

—¿Cómo estás?

Fue entonces cuando, de repente, me di cuenta de que no estaba hablando con Angela, sino con Jamie. Casi se me cayó el aparato de las manos. Para ser franco, no puedo decir que me alegrara oír su voz, y por un segundo me pregunté quién le había dado mi número de teléfono, antes de caer en la cuenta de que probablemente lo había encontrado en los archivos de la iglesia.

—¿Landon?

—Estoy bien —solté de un tirón, todavía bajo los efectos del sobresalto.

—¿Estás ocupado? —preguntó.

—Un poco.

—Oh…, vaya… —lamentó, con menos entusiasmo; luego volvió a hacer una pausa.

—¿Qué querías? —le pregunté.

Jamie se tomó unos segundos antes de hablar.

—Bueno…, solo quería saber si…, si no te importaría pasarte luego por mi casa.

—¿Pasar a verte?

—Sí, por mi casa.

—¿Por tu casa?

Ni siquiera intenté disimular el creciente estupor en mi voz. Jamie no hizo caso de mi tono y prosiguió.

—Necesito hablar contigo sobre algo. No te lo pediría si no fuera importante.

—¿Y no podemos hablar por teléfono?

—Preferiría que no.

—Es que estaré ocupado toda la tarde con las redacciones de la solicitud de acceso a la universidad —repuse, intentando escabullirme del compromiso.

—Ah, bueno…, no pasa nada… Ya te he dicho que es importante, pero supongo que podremos hablar el lunes en el instituto…

Jamie no iba a darse por vencida hasta que consiguiera hablar conmigo. Analicé los posibles escenarios del encuentro mientras intentaba decidir cuál era el más apropiado: hablar con ella en el instituto, donde nos verían mis amigos, o

55

hablar con ella en su casa. A pesar de que ninguna de las dos opciones me parecía particularmente atractiva, sentí un remordimiento al recordar que ella me había ayudado cuando más lo había necesitado, y lo mínimo que podía hacer era escuchar lo que quería decirme. Podía ser un irresponsable, pero era un irresponsable «piadoso», si me permites la expresión.

Por supuesto, eso no significaba que el resto del mundo tuviera que saberlo.

—Está bien —accedí—. Iré a tu casa más tarde.

Acordamos vernos a las cinco. Aquellas horas transcurrieron con una pesada lentitud, como las gotas de agua de una tortura china. Salí veinte minutos antes, para disponer de tiempo suficiente para llegar a la hora convenida. Mi casa estaba cerca del paseo marítimo, con vistas al canal intracostero, en el casco antiguo, un poco más abajo de donde había vivido Barbanegra. La casa de Jamie estaba en la otra punta del pueblo, al otro lado de la vía del tren, así que sabía que tardaría, más o menos, unos veinte minutos en llegar hasta allí.

Era noviembre, y finalmente había empezado a refrescar. Una cosa que me gustaba de Beaufort era que las primaveras y los otoños duraban casi todo el año. Los veranos podían ser bastante calurosos; en invierno nevaba una vez cada seis años. Solíamos tener que soportar una o dos semanas con temperaturas muy bajas en enero, pero la mayor parte del año solo se necesitaba un cárdigan para estar cómodo. Aquel era uno de esos días perfectos, con unos veinticuatro grados y el cielo completamente despejado, sin una sola nube.

Llegué a casa de Jamie a la hora convenida. Llamé y ella abrió la puerta. Tras echar un rápido vistazo al interior de la vivienda, constaté que Hegbert no estaba en casa. Todavía no hacía tanto calor como para tomar un té frío o una limonada, y nos sentamos en las sillas del porche de nuevo, sin beber nada. El sol empezaba su lento descenso por el cielo. No había nadie en la calle. Esta vez no tuve que mover la silla. No la habían tocado desde la última vez que había estado allí.

—Gracias por venir, Landon —me dijo Jamie—. Sé que estás ocupado, pero te agradezco que me dediques un poco de tu tiempo.

—Bueno, ¿qué es ese asunto tan importante? —pregunté, ansioso por terminar con aquello tan pronto como fuera posible.

Jamie, por primera vez desde que la conocía, parecía nerviosa. Se sentó a mi lado. No paraba de unir y separar las manos de forma involuntaria.

—Quería pedirte un favor —anunció en un tono serio.

—¿Un favor?

Ella asintió con la cabeza.

Al principio, pensé que iba a pedirme que la ayudara a decorar la iglesia, tal y como ya había mencionado en el baile de inauguración de curso, o quizá necesitaba usar el coche de mi madre para llevar algún material a los huérfanos. Jamie no tenía carné de conducir, y Hegbert no podía prescindir de su coche, pues siempre tenía que asistir a algún funeral o lo que fuera. Jamie se tomó unos segundos más.

Suspiró y volvió a unir las manos.

—Quería saber si…, si… ¿te importaría ser Tom Thornton en la obra de teatro del instituto?

Tom Thornton, tal y como ya he explicado antes, era el hombre que buscaba la caja de música para su hija, el que se encontraba con el ángel. Aparte del ángel, era, con diferencia, el papel más importante de la obra.

—Bueno…, no sé… —contesté, confuso—. Pensaba que Eddie Jones iba a ser Tom. Al menos, eso es lo que nos dijo la señorita Garber.

Eddie Jones se parecía muchísimo a Carey Dennison. Era un chico esmirriado, con la cara llena de granos, y tenía un tic nervioso; cuando te hablaba, solía abrir los ojos desmesuradamente, sobre todo cuando se alteraba, que era casi siempre. Lo más probable era que acabara soltando de carrerilla las frases que tenía que decir cuando estuviera delante de la audiencia, como un ciego psicótico. Para empeorar más las cosas, también tartamudeaba, por lo que necesitaba mucho rato para decir lo que quería decir.

La señorita Garber le había dado el papel porque nadie más se había presentado voluntario, aunque era más que obvio que no le hacía ninguna gracia que aquel chico interpretara a Tom Thornton. Los profesores también son humanos, pero, a falta de voluntarios, no le había quedado otra opción que aceptar.

—La señorita Garber no dijo exactamente eso —precisó Jamie—. Lo que dijo fue que Eddie podría interpretar el papel si no había nadie más interesado.

—¿Y no hay nadie más que pueda hacerlo?

En realidad, sabía que no había nadie más. Como Hegbert exigía que solo actuaran los estudiantes del último curso, aquel año la obra corría peligro. Había unos cincuenta chicos en el último año de instituto, veintidós de los cuales formaban parte del equipo de fútbol, y como este estaba enfrascado en las competiciones estatales, ninguno de ellos tendría tiempo para ir a los ensayos. De los treinta que quedaban, más o menos, más de la mitad eran miembros de la banda de música y tenían que ensayar después de clase. Con un cálculo rápido, deduje que quizá quedaba una docena de chicos disponibles.

No, yo no quería hacer el dichoso papel de Thornton en la obra de teatro, y no solo porque hubiera descubierto que las clases de teatro eran la cosa más aburrida que jamás se hubiera inventado. La cuestión era que ya había llevado a Jamie al baile de inauguración del curso y, con ella como ángel, no podía soportar la idea de tener que pasar juntos todas las tardes durante más o menos un mes. Que me hubieran visto con ella un día ya era mala pata, pero ¿que me vieran con ella todos los días? ¿Qué dirían mis amigos?

Sin embargo, me daba cuenta de que la cuestión era realmente importante para ella. El simple hecho de que me lo hubiera pedido lo demostraba. Jamie jamás pedía nada a nadie. En el fondo, creo que sospechaba que nadie se avendría a hacerle un favor por ser quien era. Aquello me entristeció.

—¿Y qué me dices de Jeff Bangert? Quizás él querría hacerlo —sugerí.

Jamie sacudió la cabeza.

—No puede. Su padre está enfermo, y después de clase tiene que trabajar en la tienda, hasta que su padre se recupere.

—¿Y Darren Woods?

—Lleva el brazo en cabestrillo. Resbaló en el barco y se lo rompió.

—¿De veras? No lo sabía —respondí en un tono desabrido, pero Jamie sabía lo que yo me proponía.

—He estado rezando, Landon —dijo simplemente, y suspiró por segunda vez—. Me gustaría que este año fuera especial, y no por mí, sino por mi padre. Quiero que sea la mejor función de todos los tiempos. Sé lo mucho que significa para él verme interpretar el papel de ángel, porque esta obra le recuerda a mi madre... —Hizo una pausa para ordenar sus pensamientos—. Sería terrible que fuera un fiasco, sobre todo porque yo actuaré.

Volvió a hacer una pausa antes de proseguir. Su voz adoptó un tono más emotivo.

—Sé que Eddie lo hará lo mejor que pueda, lo sé. Y no me avergüenza formar pareja con él, te lo aseguro. De hecho, es una persona muy afable, pero el otro día me comentó que empieza a tener dudas sobre si será capaz de interpretar adecuadamente el papel. A veces, los estudiantes en el instituto pueden ser tan..., tan... crueles, y no quiero que hieran los sentimientos de Eddie. Pero... —Inspiró hondo—. Pero la verdadera razón por la que te lo pido es... por mi padre. Es un hombre muy bueno, Landon; si la gente se mofa de los recuerdos que tiene de mi madre mientras yo hago el papel de..., bueno, eso le rompería el corazón. Y con Eddie y conmigo..., ya sabes lo que dirá la gente.

Asentí con los labios prietos, consciente de que yo sería una de esas personas a las que ella se estaba refiriendo. De hecho, ya lo era; desde que la señorita Garber había anunciado que ellos harían los papeles de ángel y de Tom Thornton, los llamábamos «Jamie y Eddie, el dúo dinámico». El hecho de que se me hubiese ocurrido precisamente a mí aquel apodo hizo que me sintiera fatal, y me puse más tenso.

Ella irguió la espalda en la silla y me miró con una enorme tristeza en los ojos, como si esperara que yo fuera a rechazar su petición. Supongo que Jamie no sabía cómo me sentía. Siguió con su monólogo:

—Sé que Dios siempre incluye retos en sus designios, pero no quiero creer que Nuestro Señor sea tan cruel, especialmente con alguien como mi padre. Él dedica su vida a Dios, vive entregado a la comunidad, y ya ha perdido a su esposa y me ha tenido que criar sin ayuda de nadie. Lo quiero tanto...

Jamie se giró hacia la pared, pero podía ver las lágrimas en sus ojos. Era la primera vez que la veía llorar. Creo que una parte de mí también quería llorar.

—No te pido que lo hagas por mí —alegó con suavidad—. De verdad, y si dices que no, seguiré rezando por ti; te lo prometo. Pero si quieres hacer algo por un hombre bueno que significa tanto para mí... Por favor, ¿te lo pensarás?

Sus ojitos se parecían a los de un cocker spaniel al que acabaran de regañar por alguna travesura. Miré al suelo, directamente a mis zapatos.

—No necesito tiempo para pensarlo: lo haré —acepté.

No me quedaba ninguna otra alternativa, ¿no?

Capítulo 5

$\mathcal{A}$l día siguiente, hablé con la señorita Garber, me presenté a unas pruebas y me dieron el papel. Eddie, por su parte, no se mostró decepcionado, en absoluto. De hecho, me di cuenta de que parecía aliviado, como si le hubieran quitado un gran peso de encima. Cuando la señorita Garber le preguntó si no le importaba cederme el papel de Tom Thornton, su cara se relajó al instante y uno de sus ojos se abrió desmesuradamente.

—Per…, perfecto. Cla…, claro que… sí —respondió tartamudeando—. Lo en…, entiendo.

Necesitó prácticamente diez segundos para expresar su alivio con palabras.

La señorita Garber premió su generosidad otorgándole el papel del mendigo, y todos supimos que lo haría perfectamente bien. El indigente era mudo, pero el ángel siempre sabía lo que el pobre estaba pensando. En un momento dado de la obra, ella le tenía que decir al indigente mudo que Dios siempre lo protegería porque el Señor vela sobre todo por los pobres y los más desvalidos. Se trataba de una de las muestras necesarias para que la audiencia supiera que aquel ángel había sido enviado desde el Cielo. Tal y como ya he comentado antes, Hegbert quería que quedara claro quién ofrecía redención y salvación, y desde luego no iban a ser unos cuantos fantasmas raquíticos que aparecieran en la obra como por arte de magia.

Los ensayos empezaron a la semana siguiente. Ensayábamos en clase; no podríamos hacerlo en el teatro hasta que hubiéramos pulido todos los «pequeños inconvenientes». Por pequeños inconvenientes me refiero a nuestra tendencia a tropezar accidentalmente con los objetos que formaban parte del decorado. Los habían hecho unos quince años antes, el primer año que se escenificó la función. El encargado de la puesta en escena fue Toby Bush, un manitas cantamañanas que había realizado varios decorados teatrales previamente. Era un cantamañanas porque se pasaba el día bebiendo cerveza, mientras trabajaba, y a eso de las dos de la tarde ya llevaba una considerable cogorza. Supongo que se le enturbiaba la vista, porque se pillaba los dedos con el martillo por lo menos una vez al día. Entonces lanzaba el martillo por los aires y corría como un condenado de un lado a otro, sosteniéndose los dedos con la otra mano, maldiciendo a todo el mundo, desde a su propia madre hasta al mismísimo demonio. Cuando se tranquilizaba, se tomaba otra cerveza para calmar el dolor antes de reanudar el trabajo. Tenía unos nudillos grandes como nueces, permanentemente hinchados a causa de los numerosos martillazos, y nadie deseaba contratarlo de forma fija. La única razón por la que Hegbert lo contrató fue porque Toby era, a todas luces, el obrero más barato en el pueblo.

Pero Hegbert no le permitía beber ni blasfemar, y Toby no sabía trabajar en un ambiente tan estricto. El resultado fue una verdadera chapuza, aunque no resultara obvio a primera vista.

Tras varios años, el decorado empezó a desmoronarse, y Hegbert se encargó él mismo de reparar los problemas que iban surgiendo. Tenía un buen dominio de la Biblia, cierto, pero no del martillo, por lo que el decorado había acabado combado, rematado con clavos oxidados por doquier, que sobresalían de las tablas de madera de tal modo que teníamos que ir con cuidado y caminar exactamente por donde se suponía que teníamos que pisar. Si uno se desviaba un poco, o bien se pinchaba con algún clavo, o bien el decorado se venía abajo, perforando sin piedad el suelo del escenario. Al cabo de dos años, los dueños del teatro tuvieron que restaurar todo el suelo y, aunque no podían cerrarle la puerta a Hegbert en las narices, hicieron un trato con él para que en el futuro fuera más precavido. Eso significaba que teníamos que ensayar en clase hasta que hubiéramos solucionado los «pequeños inconvenientes».

Por suerte, Hegbert ya no intervenía en los ensayos, pues con sus tareas pastorales no le quedaba tiempo. Delegaba aquella responsabilidad en la señorita Garber, que lo primero que nos dijo fue que memorizáramos los textos tan pronto como fuera posible.

Aquel año no disponíamos de tanto tiempo como normalmente solían tener los alumnos para ensayar la función, porque el Día de Acción de Gracias caía en el último día posible de noviembre, y Hegbert no quería que la función se representara cuando faltaba poco para Navidad, para no interferir en el verdadero espíritu navideño. Eso nos dejaba solo tres semanas para aprendernos los papeles, una semana menos de lo normal.

Los ensayos empezaban a las tres de la tarde. Desde el primer día, Jamie ya se sabía todos sus textos, lo que en realidad no era sorprendente. Lo sorprendente era que se supiera también los míos, y los del resto de los que intervenían en la obra. Cuando nos poníamos a ensayar una escena, ella lo hacía sin guion, mientras que yo clavaba la vista en la pila de páginas, buscando atropelladamente mi próxima frase, y siempre que alzaba la vista, la veía con aquel aspecto radiante, como si esperara la aparición de un arbusto ardiendo milagrosamente o algo así. Las únicas frases que me sabía eran las del mendigo mudo, por lo menos en mi primer día, y de repente sentí una gran envidia por Eddie, al menos en ese sentido.

Iba a ser un trabajo muy duro, que no era exactamente lo que había esperado cuando me había matriculado en aquella asignatura.

Mis nobles sentimientos sobre el hecho de actuar en la obra desaparecieron al segundo día de ensayo. Aunque sabía que estaba haciendo «lo correcto», mis amigos no lo entendían, y se habían estado burlando de mí desde el momento en que se enteraron.

—¿Que haces quééé? —preguntó Eric cuando se enteró—. ¿Estás ensayando para hacer la función con Jamie

Sullivan? ¿Estás majara o es que te has vuelto tonto de repente?

Me limité a farfullar que tenía una buena razón, pero él no aceptó mis excusas, y empezó a contarle a todo el mundo que me había enamorado de Jamie. Yo lo negué, por supuesto, lo que solo consiguió que todos pensaran que era cierto, estallaran en estentóreas carcajadas y fueran corriendo a contárselo a la persona más cercana.

La bola se fue haciendo más grande y disparatada; al mediodía, Sally me preguntó si de verdad estaba pensando en comprometerme formalmente con Jamie. Creo que en realidad Sally estaba celosa; llevaba años enamorada de mí, y el sentimiento habría sido mutuo de no haber sido porque ella tenía un ojo de cristal, y eso era algo que no podía pasar por alto. Me recordaba a uno de esos ojos de plástico de un búho disecado en una de esas espeluznantes tiendas de antigüedades y, para ser sincero, me daba repelús.

Supongo que ahí fue cuando empecé a sentirme molesto con Jamie. Sé que ella no tenía la culpa, pero era yo quien cargaba con todas las burlas, y encima lo hacía por Hegbert, quien ni siquiera se había dignado a ser hospitalario conmigo la noche del baile de inauguración de curso.

Durante los siguientes días, empecé a tartamudear cada vez que tenía que decir alguna frase del guion y a mostrar una absoluta falta de interés. De vez en cuando, soltaba alguna broma que conseguía que todos rieran, todos excepto Jamie y la señorita Garber. Después de los ensayos, me iba directamente a casa para olvidarme de la función, y ni siquiera me molestaba en llevarme el guion. En vez de eso, me mofaba con mis amigos de las extravagancias de Jamie y mentía aduciendo que había sido la señorita Garber quien me había obligado a hacer la obra de teatro.

Sin embargo, Jamie no iba a dejar que me saliera con la mía tan fácilmente, no. Me atacó por donde más duele: golpeándome justo en el centro de mi ego.

Un sábado por la noche, una semana después de que hubieran empezado los ensayos, yo había salido con Eric. Estábamos matando el rato en el paseo marítimo, en la puerta del bar Cecil, comiendo buñuelos de maíz y mirando a los que pasaban en coche, cuando vi a Jamie bajar por la calle. Estaba todavía a bastantes metros de distancia, y vi que ella miraba insistentemente a un lado y al otro de la calle. Llevaba el viejo jersey marrón de siempre y la Biblia en una mano. Debían de ser más o menos las nueve de la noche, tarde para que ella estuviera deambulando por ahí, y aún me pareció más extraño verla en aquella parte del pueblo. Le di la espalda y me subí el cuello de la chaqueta, pero incluso Margaret —que tenía un batido de plátano por sesera— fue lo bastante lista como para adivinar a quién estaba buscando Jamie.

—Mira, Landon, tu novia.

—No es mi novia —repliqué—. Yo no tengo novia.

—Pues tu prometida formal.

Supongo que Margaret también había hablado con Sally.

—No estoy prometido, y corta el rollo, ¿vale?

Atisbé por encima del hombro para ver si Jamie me había visto, y constaté que sí, ya que avanzaba con paso tranquilo hacia nosotros. Fingí no verla.

—Pues viene directamente hacia aquí —anunció Margaret, y rio como una niña traviesa.

—Lo sé —contesté.

Veinte segundos más tarde, Margaret volvió a decir:

—Sigue acercándose.

—Lo sé —repetí, apretando los dientes. Si no fuera por sus bonitas piernas, Margaret sacaría a todos de quicio, igual que Jamie.

Volví a echar un vistazo; esta vez Jamie supo que la había visto, sonrió y me saludó con la mano. Yo me di la vuelta, y un momento más tarde ella estaba de pie justo a mi lado.

—Hola, Landon —me saludó, sin prestar atención a mi mueca de tensión—. Hola Eric, Margaret... —saludó al grupo.

Todos musitaron un «hola» e intentaron no mirar descaradamente la Biblia.

Eric sostenía una cerveza, que escondió detrás de la espalda para que Jamie no pudiera verla. Aquella chica podía conseguir que incluso él se sintiera violento con tan solo acercarse. Habían sido vecinos durante unos años, por lo que él había sido irremediablemente el receptor de sus monólogos. A su espalda, la llamaba «teniente de Salvación», en referencia obvia al Ejército de Salvación.

—Tendría que haber sido general de brigada —solía mofarse Eric.

Pero cuando estaba con ella, entonces la cosa cambiaba. Para él, Jamie parecía tener línea directa con Dios, y por nada en el mundo quería que lo incluyera en su lista negra.

—¿Cómo estás, Eric? Hace mucho que no te veía. —Jamie lo dijo como si todavía hablaran a menudo.

Eric se apoyó primero en un pie y luego en el otro; después clavó la vista en sus zapatos, con una palmaria mirada de culpa.

—Es que últimamente no he ido a misa —se excusó.

Ella le regaló una de sus radiantes sonrisas.

—No pasa nada, supongo, mientras no se convierta en un hábito…

—No, no sucederá —respondió el chico.

Yo había oído hablar del acto de confesarse —eso que hacen los católicos cuando se sientan detrás de una cortinita y le cuentan al cura sus pecados—, pues, bueno, así se comportaba Eric cuando estaba con Jamie. Por un segundo, pensé que iba a llamarla incluso «señora».

—¿Te apetece una cerveza? —le preguntó Margaret. Creo que estaba intentando hacerse la graciosa, pero nadie rio.

Jamie se llevó la mano a la cabeza y se arrgló el moño con delicadeza.

—Oh…, no, pero gracias.

Acto seguido, me miró a la cara, con un genuino brillo en los ojos, y al instante supe que aquel encuentro no presagiaba nada bueno. Supuse que me iba a pedir si podía hablar conmigo a solas o algo así, lo que, con toda franqueza, pensé que sería lo mejor, pero eso no formaba parte de sus planes.

—Qué bien que te han salido los ensayos esta semana —me felicitó—. Sé que aún tienes que aprenderte muchas frases de memoria, pero estoy segura de que lo conseguirás. Solo quería agradecerte que te hayas ofrecido voluntario para el papel. Eres un verdadero caballero.

—Ah, no es nada —respondí en actitud indolente, al tiempo que notaba que se me agarrotaba el estómago. Intenté mantener la compostura, pero todos mis amigos me estaban taladrando con una mirada inquisitoria, preguntándose de repente si no les habría contado una patraña con eso de que la señorita Garber me había obligado a aceptar el papel. Recé para que no le dieran demasiadas vueltas al asunto.

—Tus amigos deberían sentirse orgullosos de ti —añadió Jamie, ahondando más en el asunto.

—Oh, y lo estamos —respondió Eric al instante—. Muy orgullosos. Es un buen chico, este Landon, y eso de haberse ofrecido voluntario es una clara muestra, ¿verdad?

«Oh, no.»

Jamie le sonrió; luego volvió a girarse hacia mí, con su típica disposición alegre.

—También quería decirte que, si necesitas ayuda, puedes pasar por casa cuando quieras. Podemos sentarnos en el porche, como aquel día, y repasar el guion juntos, si quieres.

Vi que Eric se giraba hacia Margaret y pronunciaba en silencio las palabras «como aquel día». Menudo berenjenal. En esos momentos, el nudo en el estómago se había hecho tan grande como una maciza bola de billar.

—Te lo agradezco, pero ya ensayaré en casa —murmuré, preguntándome cómo salir airoso de la situación.

—Bueno, a veces resulta útil ensayar con alguien, Landon —argumentó Eric.

Aunque fuera mi amigo, sabía lo que se proponía: chincharme.

—No, ya repasaré solo —le contesté.

—Quizá podríais ensayar delante de los huérfanos —sugirió Eric, sonriente—, cuando dominéis más la obra, por supuesto. Como un ensayo general, ¿no? Seguro que les encantaría verla.

Casi podía ver la mente de Jamie en acción, como si el engranaje de sus pensamientos se hubiera puesto en marcha con la mera mención de la palabra «huérfanos». Todo el mundo sabía que aquel era su tema favorito.

—¿De veras lo crees? —se emocionó ella.

Eric asintió con porte serio.

—Vaya, segurísimo. Que conste que la idea se le ha ocurrido a Landon, ¿eh? Pero sé que si yo fuera huérfano, me

67

encantaría ver algo similar, aunque no fuera la obra completa.

—Estoy de acuerdo —intervino Margaret.

Mientras hablaban, solo podía pensar en la escena de *Julio César* en la que Bruto apuñala al protagonista: «¿Tú también, Eric?».

—¿Y dices que ha sido idea de Landon? —se interesó Jamie, frunciendo el ceño.

Por su forma de mirarme, sabía que ella albergaba serias dudas.

Pero Eric no pensaba darme un respiro tan fácilmente. Ahora que me tenía entre la espada y la pared, lo único que le quedaba por hacer era darme la estocada definitiva.

—Te gustaría hacerlo, ¿verdad, Landon?

No era exactamente una pregunta a la que uno pudiera contestar que no, ¿no te parece?

—Supongo que sí —dije entre dientes, fulminando a mi mejor amigo con una mirada asesina.

Eric, a pesar de no destacar en los estudios, habría sido un excelente jugador de ajedrez, seguro.

—Bien, entonces ya está decidido. Bueno, eso si a ti te parece bien, Jamie. —La sonrisa de Eric era tan dulce que habría podido edulcorar la mitad de las botellas de Royal Crown Cola del condado.

—Bueno..., sí, supongo que primero tendré que hablar con la señorita Garber y con el director del orfanato, pero, si dan su consentimiento, creo que es una excelente idea.

Y la cuestión era que Jamie no podía ocultar su entusiasmo.

Jaque mate.

Al día siguiente, me pasé catorce horas memorizando mis textos, maldiciendo a mis amigos y preguntándome cómo era posible que pudieran torcerse tanto las cosas.

Mi último año en el instituto no estaba yendo tal y como había esperado. Sin embargo, si tenía que actuar delante de un puñado de huérfanos, al menos no quería quedar como un idiota.

Capítulo 6

*L*o primero que hicimos fue hablar con la señorita Garber sobre nuestros planes con los huérfanos, y a ella le pareció un proyecto maravilloso. Aquella era su palabra favorita: maravilloso. Eso sí, siempre después de que te saludara con su típico «Holaaaaaaa» musical.

El lunes, cuando vio que me sabía todo mi texto de memoria, exclamó: «¡Maravilloso!», y a lo largo de las siguientes dos horas, cada vez que yo concluía una escena, volvía a repetirlo. Al final del ensayo, había oído esa palabra por lo menos un millón de veces.

Pero la señorita Garber decidió ir un paso más lejos con nuestra idea. Le contó a toda la clase lo que nos proponíamos, y preguntó si había más alumnos interesados en participar en aquella buena obra, para que los huérfanos pudieran disfrutar del espectáculo completo. Por la forma en que lo planteó, era evidente que el resto de mis compañeros no tenían elección, y echó un vistazo por la clase, a la espera de que alguien asintiera con la cabeza para que ella pudiera darlo por oficial.

Nadie movió ni un músculo, excepto Eddie. No sé cómo, pero en ese preciso momento había inhalado un insecto por la nariz, y estornudó violentamente. El insecto salió volando, atravesó disparado su escritorio y aterrizó en el suelo, justo al lado de la pierna de Norma Jean, quien dio un respingo y se puso a chillar. Los compañeros que estaban junto a ella también gritaron: «¡Puaj! ¡Qué asco!». El resto de la clase empezó a mirar hacia ellos y a alargar el cuello, en un intento de ver lo que sucedía, y durante los siguientes diez segundos reinó un caos total en la clase.

La señorita Garber aceptó aquella reacción como la respuesta afirmativa que esperaba.

—¡Maravilloso! —exclamó, dando el tema por zanjado.

Entre tanto, Jamie se estaba poniendo visiblemente emocionada con la idea de actuar para los huérfanos. Durante un descanso en el ensayo, me arrinconó en una esquina y me dio las gracias por pensar en ellos.

—Ya sé que tú no tenías ni idea —me dijo en un tono casi conspiratorio—, pero me había estado preguntando qué podría hacer por el orfanato este año. Llevo meses rezando, porque quiero que esta Navidad sea la más especial de todas.

—¿Por qué es tan importante esta Navidad? —le pregunté.

Ella sonrió pacientemente, como si le hubiera hecho una pregunta carente de sentido.

—Porque lo es —se limitó a contestar.

El siguiente paso consistía en ir a hablar con el señor Jenkins, el director del orfanato. Yo todavía no lo conocía, dado que el orfanato estaba en Morehead City, al otro lado del puente de Beaufort. No había tenido ninguna razón para ir hasta allí.

Cuando Jamie me sorprendió al día siguiente con las nuevas de que íbamos a reunirnos con él más tarde, me sentí un poco preocupado por si mi indumentaria no era adecuada. Sé que era un orfanato, pero uno siempre quiere dar una buena impresión. A pesar de que no estaba tan entusiasmado con la idea como Jamie (nadie la ganaba en cuestión de entusiasmo), tampoco quería quedar como el chaval aguafiestas que había echado a perder la Navidad de los huérfanos.

Antes de ir al orfanato, caminamos hasta mi casa para buscar el coche de mi madre. Una vez allí, decidí cambiarme de ropa y ponerme algo más formal. Tardamos unos veinte minutos en llegar a mi casa andando. Jamie no habló demasiado durante el trayecto, por lo menos no hasta que entramos en mi vecindario.

Las casas alrededor de la mía eran grandes y suntuosas, y ella me preguntó quién vivía allí y cuándo habían sido edificadas. Respondí a sus preguntas sin mostrar gran interés, pero, cuando abrí la puerta principal, de repente comprendí lo diferente que le debía resultar mi mundo comparado con el suyo. Su cara adoptó una expresión de puro asombro, prestando atención a todos los detalles del vestíbulo.

Sin duda era la casa más espectacular que había visto jamás. Un momento más tarde, vi que sus ojos se posaban en los cuadros de mis antepasados que decoraban las paredes. Como era costumbre entre muchas familias del sur, uno podía seguir todo su linaje a través de la docena de caras que adornaban las paredes. Jamie los miró con curiosidad, creo que buscando el parecido; luego se interesó por el mobiliario, que, después de veinte años, parecía casi nuevo. Eran muebles artesanales, realizados o tallados en madera de caoba o de cerezo, y diseñados específicamente para cada estancia. Tenía que admitir que era un lugar agradable, aunque no fuera algo en lo que pensara a menudo. Se trataba simplemente de mi casa. Mi lugar favorito era la ventana de mi habitación, que comunicaba con el porche en el piso superior; por allí me escabullía por las noches.

Le enseñé la casa, con una rápida visita a la biblioteca, el comedor, el estudio y la sala de estar. Los ojos de Jamie se agrandaban más con cada nueva estancia. Mi madre estaba en el porche trasero, tomando un julepe de menta y leyendo; al oír nuestras voces, entró para saludar.

Creo que ya he contado que todos los adultos del pueblo adoraban a Jamie, y eso incluía a mi madre. Aunque Hegbert siempre estuviera criticando a mi familia en sus sermones dominicales, mi madre nunca mostró ninguna clase de aversión hacia Jamie, ya que era una criatura extremamente afable. Entablaron una animada conversación mientras yo subí a mi cuarto en busca de una camisa limpia y una corbata. En esa época, los chicos solían llevar corbata, sobre todo cuando tenían que reunirse con alguien que ocupaba una posición de autoridad. Cuando bajé las escaleras vestido adecuadamente, Jamie ya le había contado a mi madre todo el plan.

—Es una idea maravillosa —dijo la chica, al tiempo que me regalaba una espléndida sonrisa—. Landon tiene un corazón de oro.

71

Mi madre, después de asegurarse de que la había entendido correctamente, se quedó mirándome sin pestañear, con las cejas enarcadas, como si yo fuera un extraterrestre.

—¿Así que la idea ha sido tuya? —se interesó mi madre. Al igual que todos en el pueblo, ella sabía que Jamie no mentía.

Carraspeé, incómodo, pensando en Eric y en lo que pensaba hacerle cuando lo pillara a solas, una tortura que, por cierto, incluía melaza y hormigas rojas.

—Más o menos —contesté.

—Sorprendente.

Esa fue la única palabra que mi madre consiguió articular. Desconocía los detalles, pero sabía que probablemente mis amigos me habrían metido en una encerrona para obligarme a hacer algo así. Las madres siempre saben esas cosas, y yo podía notar que me observaba con disimulo, como si intentara averiguar qué había sucedido. Para escapar de su mirada inquisitoria, eché un vistazo al reloj, fingí sorpresa y mencioné en un tono resuelto que quizá fuera mejor que nos marcháramos ya. Mi madre me dio las llaves del coche sin apartar la mirada de mí ni un momento mientras Jamie y yo enfilábamos hacia la puerta principal.

Una vez fuera, suspiré aliviado, pensando que, por suerte, había conseguido escapar airoso de aquel berenjenal. Mientras me dirigía hacia el coche, oí a mi madre gritar:

—¡Vuelve cuando quieras, Jamie! ¡En esta casa siempre serás bienvenida!

Incluso las madres podían a veces clavarte un puñal por la espalda.

Todavía estaba sacudiendo la cabeza cuando me metí en el coche.

—Tu madre es una gran mujer —dijo Jamie.

Puse en marcha el motor y respondí:

—Sí, supongo que sí.

—Y tienes una casa muy bonita.

—Sí.

—Deberías estar agradecido por ser tan afortunado.

—Ah, sí, supongo que soy el chico más afortunado de la Tierra.

Jamie no captó el tono sarcástico en mi voz.

Y

Llegamos al orfanato justo cuando empezaba a anochecer. Habíamos llegado un par de minutos antes, y el director estaba hablando por teléfono. Era una llamada importante, y por eso no podía atendernos de inmediato, así que nos acomodamos dispuestos a esperar. Estábamos sentados en un banco del vestíbulo que daba a la puerta de su despacho cuando Jamie se giró hacia mí. Tenía la Biblia en su regazo. Supongo que la quería para que le infundiera ánimos, aunque quizá solo se tratara de una costumbre adquirida.

—Lo has hecho muy bien en clase; con tu parte del guion, quiero decir —comentó.

—Gracias —respondí, sintiéndome orgulloso y abatido a la vez—. Todavía me falta entonar correctamente algunas frases —me excusé, con la esperanza de que ella no sugiriera otra vez que practicáramos en el porche de su casa.

—Ya te saldrá bien. Es más fácil cuando uno se sabe el texto de memoria.

—Eso espero.

Jamie sonrió. Acto seguido, cambió de tema, lo que me dejó totalmente descolocado.

—¿Alguna vez piensas en el futuro? —me preguntó.

Estaba sorprendido: la pregunta parecía tan… normal.

—Claro…, sí, supongo que sí —contesté con cautela.

—¿Qué quieres hacer con tu vida?

Me encogí de hombros, un poco incómodo ante la idea de hasta dónde quería llegar ella con semejante interrogatorio.

—Todavía no lo sé. Aún no he pensado en eso. El año que viene iré a la Universidad de Carolina del Norte, bueno, al menos eso espero. Primero tengo que conseguir que acepten mi solicitud.

—Lo conseguirás —me aseguró Jamie.

—¿Cómo lo sabes?

—Porque he rezado para que así sea.

Con su respuesta, pensé que nos encauzábamos hacia la clase de conversación acerca del poder de la plegaria y de la fe, pero volvió a desconcertarme con su siguiente pregunta:

—¿Y después de la universidad? ¿Qué piensas hacer?

73

—No lo sé —repetí, encogiéndome de hombros—. Quizá me convierta en un leñador manco.

A ella no le hizo gracia mi ocurrencia.

—Creo que deberías ser reverendo —sugirió con seriedad—. Creo que se te da muy bien eso de tratar con la gente; seguro que todos respetarían lo que tuvieras que decirles.

Aunque el concepto me pareció absolutamente ridículo, sabía que esa sugerencia salía directa de su corazón y que lo decía como un cumplido.

—Gracias. No sé…, pero estoy seguro de que encontraré algo que hacer.

Necesité un momento para darme cuenta de que la conversación se había estancado y que era mi turno.

—¿Y tú? ¿Qué quieres hacer en el futuro?

Jamie desvió la vista hacia un punto lejano. Me pregunté en qué debía estar pensando, pero su mirada perdida se desvaneció casi con la misma rapidez con la que se había formado.

—Quiero casarme —apuntó lentamente—. Y cuando llegue el momento, deseo que mi padre me lleve hasta el altar y que toda la gente que conozco esté presente. Quiero que la iglesia esté abarrotada de gente.

—¿Eso es todo? —Aunque no era reacio a la idea del matrimonio, me parecía una idiotez que tu objetivo en la vida fuera ese.

—Sí —afirmó—. Eso es todo lo que quiero.

Por la firmeza con que contestó, sospeché que Jamie acabaría como la señorita Garber. Busqué unas palabras apropiadas para reconfortarla, a pesar de que todavía seguía pensando que su respuesta era una gran tontería.

—Ya verás como tarde o temprano te casarás. Conocerás a un chico y os enamoraréis, y te pedirá que te cases con él. Y estoy seguro de que tu padre te llevará hasta el altar.

No mencioné nada referente a eso de que la iglesia estuviera abarrotada de gente. Supongo que hasta allí no podía llegar mi imaginación.

Jamie pareció reflexionar unos instantes acerca de mi respuesta, aunque yo no entendí el porqué.

—Eso espero —concluyó finalmente.

74

No me preguntes cómo, pero me di cuenta de que no quería hablar más del tema, así que cambié de tema.

—¿Hace mucho que vienes aquí, al orfanato? —pregunté.

—Siete años. Tenía diez años la primera vez que vine. Era incluso más pequeña que muchos de los niños que viven aquí.

—¿Te gusta o te entristece?

—Ambas cosas. Algunos de los niños que viven aquí han pasado por situaciones horribles. Sus historias te parten el corazón, pero, cuando te ven llegar con libros de la biblioteca o con algún juego nuevo, sus sonrisas consiguen que toda la tristeza se desvanezca. Es el sentimiento más maravilloso del mundo.

Jamie prácticamente resplandecía mientras hablaba. Aunque su intención no era hacerme sentir culpable, lo consiguió. Esa era una de las razones por las que resultaba tan duro estar con ella, pero ya me iba acostumbrando. A esas alturas, sabía que Jamie podía sacudir tu conciencia de cualquier modo que no fuera normal.

En ese momento, el señor Jenkins abrió la puerta y nos invitó a pasar. Su despacho se parecía muchísimo a la habitación de un hospital, con las baldosas del suelo blancas y negras, las paredes y el techo blanco, y un armario de metal apoyado contra la pared. En el lugar que habría ocupado normalmente la cama había una mesa de metal que parecía recién sacada de la línea de montaje. Estaba casi neuróticamente impecable, libre de cualquier objeto personal. Tampoco había ni una sola foto ni un cuadro en las paredes.

Jamie me presentó, y yo estreché la mano al señor Jenkins. Después de sentarnos, Jamie tomó la palabra. Eran viejos amigos, se podía ver a simple vista —el señor Jenkins le había dado un efusivo abrazo cuando ella había entrado—. Después de alisarse la falda, Jamie le explicó nuestro plan. El señor Jenkins había visto la obra unos años antes, y sabía exactamente de qué le hablaba Jamie tan pronto como ella empezó a explayarse. Pero a pesar de que al señor Jenkins le gustaba mucho Jamie y sabía que ella tenía un buen corazón, no consideró que fuera una buena idea.

—No creo que sea una buena idea —sentenció, sin rodeos.

—¿Por qué no? —preguntó ella, con el ceño fruncido.

Parecía perpleja ante la falta de entusiasmo del director.

El señor Jenkins agarró un lápiz y empezó a propinar golpecitos en la mesa con la punta, obviamente pensando en la mejor forma de exponer sus reticencias. Al final, soltó el lápiz y suspiró.

—A pesar de que es una propuesta maravillosa y que sé que te encantaría hacer algo especial, esa obra trata de un padre que al final se da cuenta de lo mucho que ama a su hija. —Hizo una pausa para que pudiéramos asimilar sus palabras y luego volvió a coger el lápiz—. La Navidad ya es una fecha suficientemente dura aquí, incluso sin recordarles a los niños lo que se están perdiendo. Creo que si los niños ven esa función...

No tuvo que acabar la frase. Jamie se llevó ambas manos a la boca.

—¡Dios mío! —exclamó de golpe—. Tiene razón. No había pensado en eso.

Ni yo tampoco, para ser sincero. Pero lo que decía el señor Jenkins tenía sentido.

Nos agradeció nuestro interés y charló un rato acerca de lo que él había planeado en lugar de la función:

—Pondremos un árbol de Navidad y unos cuantos regalos, cosas que todos puedan compartir. Si queréis, podéis venir en Nochebuena, cuando demos los regalos...

Después de despedirnos de él, Jamie y yo caminamos en silencio. Sabía que ella estaba triste. Cuanto más tiempo pasaba con ella, más cuenta me daba del cúmulo de emociones que la invadían; no siempre estaba animada y feliz. Lo creas o no, aquella fue la primera vez que reconocí que, en ciertos aspectos, Jamie era igual que el resto de nosotros.

—Siento mucho que no haya salido bien —dije con suavidad.

—Yo también.

De nuevo volvía a lucir aquella mirada perdida, y tardó un momento en reaccionar.

—Solo quería hacer algo diferente para ellos este año,

algo especial que pudieran recordar toda la vida. Estaba segura de que nuestra idea era... —Suspiró—. Pero, por lo visto, el Señor tiene un plan alternativo que aún desconozco.

Se quedó callada durante un buen rato, y yo la observé. Ver a Jamie desalentada era incluso peor que sentirme mal a causa de sus palabras. A diferencia de ella, yo sí que merecía sentirme mal conmigo mismo, sabía la clase de persona que era, pero ella...

—Ya que estamos aquí, ¿te apetece ver a los niños? —sugerí, rompiendo el incómodo silencio. Fue lo único que se me ocurrió que podría infundirle ánimos—. Puedo esperarte aquí, si quieres, o en el coche.

—¿Te gustaría entrar a verlos conmigo? —soltó de repente.

Para ser sincero, no estaba seguro de que fuera capaz de soportar aquella experiencia, pero sabía que Jamie quería que entrara con ella. Y se sentía tan deprimida que las palabras fluyeron automáticamente:

—Por supuesto, lo haré encantado.

—Deben de estar en la sala de juegos; a esta hora suelen ir allí —comentó.

Recorrimos el pasillo hasta el final. En el vestíbulo, detrás de dos puertas abiertas, había una espaciosa estancia. En una de las esquinas vi un pequeño televisor; alrededor del aparato había unas treinta sillas plegables de metal. Los niños estaban sentados en las sillas, apiñados; era evidente que solo los que estaban en la primera fila gozaban de una buena posición respecto a la pantalla.

Eché un vistazo a mi alrededor. Me fijé en una vieja mesa de pimpón arrinconada, sin red, con la superficie resquebrajada y llena de polvo. Sobre ella descansaban un par de vasos vacíos de poliestireno, y deduje que hacía meses que nadie la usaba, tal vez años. En la pared aledaña a la mesa de pimpón sobresalían varias estanterías que contenían unos cuantos juguetes (piezas de rompecabezas, un par de juegos de mesa). No es que hubiera gran cosa, y lo poco que vi tenía aspecto de llevar muchos años en esa sala. A lo largo de las paredes cercanas había pequeños pupitres individuales en los que se apilaban periódicos garabateados con lápices de colores.

Permanecimos en el umbral apenas un segundo. Los niños no nos habían visto todavía. Le pregunté a Jamie para qué eran esos periódicos.

—No tienen libros para colorear —me susurró—, así que usan periódicos.

Ella no me miró mientras contestaba, sino que mantuvo la vista fija en varios niños. Había empezado a sonreír de nuevo.

—¿Estos son todos los juguetes que tienen? —pregunté.

Jamie asintió.

—Sí, bueno, estos y los muñecos de peluche, que pueden tener en sus habitaciones. Aquí es donde guardan el resto.

Supongo que ella estaba acostumbrada. Para mí, sin embargo, la escasez en la sala me provocó una gran desazón. No podía imaginar vivir en un sitio como aquel.

Finalmente, Jamie y yo entramos en la sala. Uno de los niños se giró al oír nuestros pasos. Debía de tener unos ocho años, era pelirrojo y con pecas, y le faltaban los dos dientes frontales.

—¡Jamie! —exclamó con júbilo al verla y, de repente, todas las cabecitas se giraron hacia nosotros. Había niños de edades comprendidas entre los cinco y los doce años, más o menos, más niños que niñas. Más tarde supe que a los doce años los enviaban a vivir con padres adoptivos.

—¡Hola, Roger! ¿Cómo estás? —Jamie saludó al pequeño.

Acto seguido, el niño y algunos de sus compañeros nos rodearon. Algunos no nos hicieron caso, sino que aprovecharon la ocasión para sentarse más cerca del televisor, pues algunas sillas en la fila delantera habían quedado vacantes. Jamie me presentó a uno de los chicos mayores que se nos había acercado y que le había preguntado si yo era su novio. Por su tono, creo que él tenía la misma opinión acerca de Jamie que la mayoría de los chicos en mi instituto.

—No, solo es un amigo —aclaró ella—, pero es muy simpático.

A lo largo de la siguiente hora, nos quedamos en la sala con los niños. Me hicieron un sinfín de preguntas acerca de dónde vivía y sobre si mi casa era grande o qué clase de coche tenía. Cuando finalmente tuvimos que marcharnos, Jamie prometió que pronto volvería a visitarlos. No dijo que yo iría con ella.

Ya en el coche, afirmé:

—Son muy agradables. —Encogí los hombros, un poco tenso—. Me alegro de que quieras ayudarlos.

Jamie se giró hacia mí y sonrió. Sabía que no había nada más que añadir al respecto, pero podía ver que ella todavía estaba pensando en lo que iba a prepararles para Navidad.

Capítulo 7

Cierto día a principios de diciembre, cuando apenas quedaban dos semanas más de ensayos, el frío cielo invernal ya estaba totalmente negro cuando la señorita Garber nos dejó marchar. Jamie me pidió si podía acompañarla a su casa. No sé por qué quería que lo hiciera; Beaufort no era exactamente un vivero de actividades delictivas por aquel entonces. El único asesinato del que había oído hablar había ocurrido seis años antes, cuando un chico murió apuñalado delante de la taberna Maurice, un tugurio frecuentado por tipos como Lew, por cierto. Durante aproximadamente una hora, su muerte causó una gran conmoción y los teléfonos no pararon de sonar en todo el pueblo mientras algunas mujeres se preguntaban asustadas por la posibilidad de que se tratara de un perturbado que merodeara por las calles, atacando a víctimas inocentes.

Todo el mundo cerró las puertas con llave y cargó las escopetas; los hombres se sentaron junto a las ventanas del comedor para ver si por su calle aparecía alguien con aspecto de delincuente, alguien que se moviera con sigilo. Pero la historia se aclaró antes de que la noche tocara a su fin cuando un muchacho entró en la comisaría de policía para entregarse, y luego explicó que se había tratado de una pelea que se les había ido de las manos. Evidentemente, la víctima se había largado del bar sin pagar, por una mera apuesta. Acusaron al joven de asesinato en segundo grado y le cayeron seis años en la penitenciaría del estado. Los policías en nuestro pueblo tenían el trabajo más tedioso del mundo; sin embargo, les gustaba contonearse por ahí con soberbia o sentarse en alguna cafetería mientras hablaban del «gran crimen», como si hubieran resuelto uno de los casos mediáticos más importantes del país.

Fuera como fuera, la casa de Jamie estaba de camino a la mía, así que no podía decir que no sin herir sus sentimientos. No es que me gustara Jamie, no me malinterpretes, pero, cuando uno ha pasado bastantes horas al día con alguien y tiene que continuar viendo a esa persona durante, por lo menos, otra semana, no le apetece cometer ninguna tontería de la que al día siguiente uno de los dos tenga que arrepentirse.

La función iba a ser representada el viernes y el sábado siguiente, y mucha gente ya hablaba del acontecimiento. La señorita Garber estaba tan impresionada con Jamie y conmigo que no paraba de contarle a todo el mundo que iba a ser la mejor función de toda la historia. Era evidente que se le daba muy bien eso de hacer propaganda.

En el pueblo había una emisora de radio, y la entrevistaron en directo, no solo una vez sino dos, y en ambos casos aseveró —cómo no—: «¡Será maravilloso, absolutamente maravilloso!».

La señorita Garber también se había puesto en contacto con la prensa local, y un periodista convino en redactar un artículo sobre la obra, básicamente por la conexión que existía entre Jamie y Herbert, a pesar de que todo el mundo en el pueblo ya lo supiera. La señorita Garber estaba entusiasmada con el proyecto, y justo aquel día anunció que iban a añadir más sillas para acomodar a la numerosa audiencia que iba a asistir al teatro.

Mis compañeros de clase estallaron en vítores de alegría, como si se tratara de una gran noticia o algo así, pero supongo que, en el fondo, para algunos de ellos sí que se trataba de una gran noticia. Recuerda que en clase teníamos especímenes como Eddie, quien probablemente pensaba que sería la única vez en su vida que alguien mostraría interés por él. Lo más triste era que es probable que tuviera razón.

Pensarás que yo también me estaba poniendo nervioso con todo aquel trajín, pero en realidad no era así. Mis amigos seguían burlándose de mí en el instituto, y no había gozado de una tarde libre desde lo que me parecía una eternidad. Lo único que me mantenía con ánimos era pensar que estaba haciendo «lo correcto». Ya sé que no es mucho, pero, francamente, era todo lo que tenía.

De vez en cuando, incluso me sentía satisfecho con la idea, aunque nunca lo admitiera ante nadie. Prácticamente podía imaginar los ángeles en el cielo, revoloteando en círculos y mirándome en actitud risueña y con lágrimas en las comisuras de los ojos al tiempo que comentaban lo buen chico que era por hacer todos esos sacrificios.

Así que, aquella noche, mientras acompañaba a Jamie a casa, estaba pensando en esas historias cuando ella me hizo una pregunta:

—¿Es cierto que algunas noches vas con tus amigos al cementerio?

Me quedé sorprendido de que ella mostrara interés por tal cuestión. Aunque no fuera exactamente un secreto, no me parecía la clase de tema que pudiera despertar su curiosidad.

—Sí, a veces —respondí en actitud indiferente.

—¿Qué hacéis allí, además de comer cacahuetes?

Era evidente que Jamie estaba bien informada.

—No lo sé. Hablar…, bromear… Nos gusta ir allí, eso es todo.

—¿Y no tienes miedo?

—No —contesté—. ¿Por qué? ¿Tú tendrías miedo?

—No lo sé. A lo mejor sí.

—¿Por qué?

—Me preocuparía hacer algo indebido.

—No hacemos nada malo. Quiero decir, no destrozamos las lápidas ni dejamos basura esparcida por ahí —alegué.

No quería contarle nuestras conversaciones acerca de Henry Preston porque sabía que no era la clase de historia que a Jamie le gustaría oír. La semana anterior, Eric se había preguntado en voz alta con qué rapidez podía un manco meterse en la cama y…, bueno…, ya me entiendes.

—¿Os sentáis y os dedicáis a escuchar los ruidos que os rodean? O sea, el canto de los grillos, el susurro de las hojas cuando sopla el viento… ¿O simplemente os tumbáis a contemplar las estrellas?

A pesar de que Jamie era una adolescente, era obvio que no sabía nada sobre el comportamiento de la gente de su edad. Encima, intentar comprender el comportamiento de «chicos» adolescentes era para ella como procurar descifrar la teoría de la relatividad.

—Ni una cosa ni otra —contesté.

Ella asintió levemente con la cabeza.

—Supongo que eso sería lo que haría yo si estuviera allí...; quiero decir, si fuera al cementerio una noche. Me dedicaría a mirar a mi alrededor para inspeccionar el lugar, o me quedaría sentada en silencio y escucharía los ruidos.

Aquella conversación me pareció muy rara, pero no dije nada al respecto de su contestación, y continuamos caminando en silencio durante unos momentos. Dado que ella me había hecho una pregunta personal, me sentí obligado a hacer lo mismo con ella. Jamie no había hecho ningún comentario sobre los planes del Señor ni nada parecido, así que era lo mínimo que yo podía hacer.

—¿Y tú, qué haces, aparte de dedicarte a los huérfanos, auxiliar animales heridos o leer la Biblia?

Mi pregunta sonaba ridícula, lo admito, pero ella, simplemente, sonrió. Creo que mi pregunta la había sorprendido, y aún más le sorprendió que yo pudiera mostrar un mínimo interés por ella.

—Hago muchas cosas. Hago los deberes que nos mandan en clase, y paso el rato con mi padre. De vez en cuando jugamos al *rummy*, o cosas por el estilo.

—¿Alguna vez sales por ahí con amigas, a dar una vuelta?

—No —contestó, y por la forma en que lo dijo supe que incluso para Jamie era obvio que nadie quería pasar mucho rato con ella.

—Me apuesto lo que quieras a que estás entusiasmada con la idea de ir a la universidad el año que viene —comenté, cambiando de tema.

Jamie se tomó un momento antes de contestar.

—No creo que vaya a la universidad —contestó.

Su respuesta me pilló desprevenido. Ella era una de las estudiantes más brillantes de la clase y, en función de los resultados del último semestre, incluso era posible que se graduara con matrícula de honor. Por cierto, mis amigos y yo hacíamos apuestas sobre cuántas veces mencionaría los designios del Señor en su discurso de graduación; yo decía que catorce veces, y es que solo podría hablar durante cinco minutos.

—¿Y qué me dices de una universidad bautista? —insinué.

Ella me miró con un extraño brillo en los ojos.

—Te refieres a que crees que ahí estaría en mi propia salsa, ¿no?

Esas respuestas directas que a veces lanzaba podían tener el efecto de un guantazo en plena cara.

—Bueno, no lo he dicho en ese sentido —me apresuré a contestar—. Solo quería decir que, como sé que te gustan los estudios bíblicos…

Jamie se encogió de hombros, sin contestar. Si soy sincero, no supe cómo interpretar su gesto. En esos momentos ya habíamos llegado a su casa. Nos detuvimos junto a la fachada lateral. Desde mi posición, podía ver la sombra de Hegbert en el comedor a través de las ventanas. La luz estaba encendida, y él se hallaba sentado en el sofá junto a la ventana. Tenía la cabeza inclinada hacia delante, como si estuviera leyendo algo. Pensé que seguramente debía de tratarse de la Biblia.

—Gracias por acompañarme —me dijo, y alzó la vista para mirarme a los ojos un momento antes de reanudar la marcha hacia la puerta.

Mientras se alejaba, no pude evitar pensar que, de todas las conversaciones que había mantenido con ella, aquella había sido más extraña de todas. A pesar de algunas de sus respuestas, tan raras, Jamie parecía prácticamente normal.

La noche siguiente, mientras la acompañaba de nuevo a casa, ella me preguntó por mi padre.

—Creo que está bien —contesté—, aunque no pasa mucho tiempo en casa.

—¿Lo echas de menos? Me refiero a haberte criado lejos de él.

—A veces.

—Yo también echo de menos a mi madre, aunque no llegara a conocerla.

Por primera vez, se me ocurrió que Jamie y yo podíamos tener algo en común. Reflexioné unos momentos al respecto.

—Debe de resultar muy duro para ti —dije, sinceramente—. A pesar de que conozco poco a mi padre, por lo menos a veces lo veo.

Jamie alzó la vista y me miró, luego volvió a desviar los ojos hacia delante y se arregló el pelo con suavidad. Empezaba a darme cuenta de que aquel gesto era recurrente para ella, y que echaba mano de él cuando estaba nerviosa o no sabía qué decir.

—Sí, a veces, espero que no me malinterpretes; amo a mi padre con locura, pero a veces me pregunto cómo habría sido mi vida si hubiera tenido a mi madre cerca. Creo que habríamos sido capaces de hablar sobre ciertas cosas de una forma que no puedo con mi padre.

Supuse que se refería a hablar de chicos. Hasta más tarde, no me di cuenta de lo equivocado que estaba.

—¿Qué tal es eso de vivir con tu padre? ¿Se comporta igual que cuando está en la iglesia?

—No. Lo creas o no, tiene un gran sentido del humor.

—¿Hegbert? —exclamé, sin poder contenerme. No podía imaginármelo.

Creo que ella se quedó pasmada cuando oyó que me refería a su padre por su nombre de pila, pero no me reprendió; en vez de eso, contestó:

—No sé por qué te sorprendes. Seguro que te gustaría, si lo conocieras mejor.

—No creo que llegue a conocerlo bien.

—Nunca se sabe cuáles son los designios del Señor —apuntó, sonriente.

Me daba mucha rabia cuando Jamie soltaba esa clase de chorradas. Con ella, uno sabía que hablaba con el Señor todos los días, pero nunca era posible averiguar lo que el Todopoderoso le había dicho. Era posible que Jamie tuviera línea directa con el Cielo; no sé si me entiendes, por lo buena persona que era.

—¿Cómo quieres que llegue a conocer a fondo a tu padre? —insistí.

Jamie no contestó, pero sonrió para sí, como si fuera dueña de un secreto. Como ya he dicho, me daba mucha rabia cuando hacía eso.

La noche siguiente hablamos sobre la Biblia.

—¿Por qué la llevas siempre contigo? —quise saber.

Pensaba que iba a todas partes con la Biblia porque era la hija del reverendo. No se trataba de una deducción descabellada, dada la pasión de Hegbert por las Escrituras y todo eso. Pero la Biblia que Jamie llevaba era vieja, con la cubierta ajada; creía que ella era la clase de chica que se compraría una Biblia nueva todos los años con tal de ayudar a promover la industria que publicaba Biblias, o para mostrar su renovada dedicación al Señor o algo así.

Jamie dio unos pasos antes de contestar.

—Era de mi madre —dijo simplemente.

—Oh... —balbuceé, como si acabara de pisar por error la preciada mascota de alguien.

Ella me miró.

—No pasa nada; no lo sabías.

—Siento haber preguntado...

—Tranquilo, no lo has hecho con mala intención. —Hizo una pausa—. Mi padre y mi madre recibieron esta Biblia como regalo de bodas, pero mi madre se la quedó. Siempre la leía, especialmente en los momentos más duros de su vida.

Pensé en los abortos. Jamie continuó.

—Le gustaba leerla por la noche, antes de dormir, y la tenía en el hospital cuando yo nací. Cuando mi madre murió, mi padre abandonó el hospital con la Biblia y conmigo.

—Lo siento —repetí. Cuando alguien te cuenta algo triste, es lo único que se te ocurre, aunque ya lo hayas dicho antes.

—Es una forma de sentirme... más cerca de ella, ¿comprendes?

No lo decía con tristeza, sino más bien como si quisiera aportar más información a su respuesta. Eso consiguió que me sintiera peor aún.

87

Después de que Jamie me contara esa historia, pensé de nuevo en cómo debía de haber sido para ella eso de criarse con Hegbert, y no supe qué responder. Mientras pensaba en algo que decir, oí el claxon de un vehículo a nuestra espalda. Jamie y yo nos detuvimos y nos dimos la vuelta al mismo tiempo que oíamos que el coche se paraba en el arcén.

Eric y Margaret estaban en el coche: él en el asiento del conductor; ella en el del acompañante, el más cercano a nosotros.

—¡Vaya, vaya! Pero ¿a quién tenemos aquí? —exclamó Eric al tiempo que se inclinaba sobre el volante para que yo pudiera verle la cara.

No le había dicho que llevaba varios días acompañando a Jamie a casa. En la curiosa forma de funcionar de la mente adolescente, aquello se alzó sobre cualquier otra cosa, incluso después de haber oído la triste historia de Jamie.

—Hola, Eric. Hola, Margaret —los saludó Jamie jovialmente.

—¿La acompañas a casa, Landon?

Podía ver la mueca maliciosa que se ocultaba debajo de la sonrisa de Eric.

—Hola, Eric —lo saludé, deseando que no me hubiera visto.

—Es una noche muy hermosa para pasear, ¿verdad? —comentó Eric. Creo que porque Margaret estaba entre él y Jamie, se sentía un poco más osado que de costumbre en presencia de Jamie. Era obvio que de ninguna manera iba a dejar escapar la oportunidad de fastidiarme.

Jamie miró alrededor y sonrió.

—Pues sí, es verdad.

Eric también miró a su alrededor con aire risueño antes de inspirar hondo. Para mí era más que evidente que estaba fingiendo.

—¡Ah! ¡Qué bien que se está aquí fuera! —suspiró Eric, luego nos miró y se encogió de hombros—. Os ofrecería llevaros en coche, pero seguro que no resultaría ni la mitad de agradable que vuestro paseo bajo las estrellas, y por nada en el mundo permitiría que os perdierais esa bella experiencia.

Lo dijo como si nos estuviera haciendo un favor.

—De todos modos, ya casi hemos llegado a mi casa —apostilló Jamie—. Le iba a ofrecer a Landon un vaso de sidra. ¿Os apetece uno? Hay para todos.

¿Un vaso de sidra? ¿En su casa? Jamie no había mencionado nada antes...

Hundí las manos en los bolsillos, preguntándome si la situación podía empeorar aún más.

—Oh, no..., gracias, vamos de camino al bar Cecil.

—¿Durante la semana? Pero si mañana tenéis clase —comentó ella inocentemente.

—Oh, no nos quedaremos mucho rato —prometió Eric—. Pero será mejor que nos marchemos. ¡Que disfrutéis de la sidra!

—Gracias por pararos a saludar —agradeció Jamie al tiempo que se despedía con la mano.

Eric puso de nuevo el coche en marcha, aunque muy despacio. Probablemente Jamie pensó que era un conductor prudente, pero no lo era. Sin embargo, tenía que admitir que lo que de verdad se le daba bien era salir airoso de accidentes leves. Recuerdo una vez que le dijo a su madre que una vaca había salido disparada y se había colocado justo delante de su coche de sopetón, y por eso la rejilla y el parachoques estaban abollados: «Sucedió tan rápido, mamá... La vaca salió disparada y se plantó en medio de la carretera; no pude frenar a tiempo», se excusó.

Todo el mundo sabe que las vacas no salen disparadas, pero su madre lo creyó. Ella también había sido la jefa de las animadoras en el equipo de béisbol del instituto, por cierto.

Cuando perdimos el coche de vista, Jamie se giró hacia mí y sonrió.

—Tienes unos amigos muy simpáticos.

—Simpatiquísimos —contesté con retintín.

Después de despedirme de Jamie —no, no me quedé a tomar un vaso de sidra— enfilé hacia mi casa, y me pasé el resto del trayecto rezongando. Por entonces, ya no me acordaba en absoluto de la triste historia de Jamie. Prácticamente podía oír a mis amigos riéndose de mí a mandíbula batiente, mientras se dirigían al bar Cecil.

¿Ves lo que pasa por ser un chico bueno?

89

Y

A la mañana siguiente, todo el mundo en el instituto sabía que yo estaba acompañando a Jamie a su casa, lo que inició una nueva ronda de especulaciones sobre nosotros dos. Esta vez fue incluso peor que la anterior. La presión era tan insoportable que me pasé la hora del almuerzo en la biblioteca, para que me dejaran en paz.

Aquella noche, el ensayo iba a ser en el teatro. Era el último antes de la función, y teníamos mucho trabajo por delante. Justo después de las clases, los chicos que hacíamos la función teníamos que llevar todo el decorado que estaba montado en clase hasta la furgoneta alquilada para trasportarlo hasta el teatro. El problema era que Eddie y yo éramos los únicos dos chicos, y él no era la persona a la que mejor se le daba eso de andar coordinado. Cuando atravesábamos el umbral, sosteniendo uno de los objetos pesados, su cuerpo desgarbado parecía ir contra él. En un momento muy crítico, cuando yo realmente necesitaba su ayuda para equilibrar la carga, tropezó con quién sabe qué —una mota de polvo o un insecto que había en el suelo— y el objeto me aplastó los dedos, atrapándolos contra el marco de la puerta de la forma más dolorosa posible.

—Lo... sien..., siento... —tartamudeó—. ¿Te has hecho..., te has hecho... daño?

Contuve todos los insultos que pujaban por escaparse de mi boca y le espeté:

—¡Ten más cuidado, hombre!

Pero Eddie no podía evitar tropezar todo el rato, de la misma forma que no es posible evitar que llueva. Cuando acabamos de cargar y descargar todo el decorado, mis dedos se asemejaban a los de Toby, el manitas cantamañanas. Y lo peor fue que ni siquiera tuve tiempo de comer antes de que empezara el ensayo.

Habíamos tardado tres horas en trasladar el decorado desde el instituto al teatro, y no acabamos de montarlo hasta unos minutos antes de que empezaran a llegar los otros compañeros de clase. Además, con todo lo que había pasado aquel día, comprenderás que estuviera de un humor de perros.

Recité mis textos de carrerilla y con desgana, y la señorita Garber no exclamó ni un solo «maravilloso» en toda la noche. Cuando acabamos, exhibía una inconfundible mirada de preocupación, pero Jamie se limitó a sonreír y le dijo que no se inquietara, que todo saldría a pedir de boca. Sabía que Jamie solo estaba intentando ponerme las cosas fáciles, pero, cuando me pidió que la acompañara a casa, le dije que no.

El teatro estaba en medio del pueblo, y para acompañarla tendría que desviarme considerablemente de mi camino. Además, no quería que me vieran de nuevo con ella a solas. Pero la señorita Garber había oído la petición de Jamie y soltó, con firmeza, que seguramente yo estaría más que encantado de acompañarla.

—De ese modo, podréis hablar del ensayo —alegó la señorita Garber—. Quizás os irá bien hablar de algunos fallos que hay que pulir.

Con eso de «algunos fallos que hay que pulir», sabía que se refería específicamente a mí.

Así que una vez más acabé acompañando a Jamie, pero ella se dio cuenta de que no estaba de humor para hablar, pues me puse a caminar unos pasos por delante de ella, con las manos en los bolsillos, sin tan solo darme la vuelta para ver si me seguía. Caminamos así durante unos minutos, sin dirigirle la palabra.

—No estás de muy buen humor, ¿verdad? —preguntó finalmente—. Esta noche se notaba que no tenías ganas de ensayar.

—Te fijas en todo, ¿eh? —solté con sarcasmo, sin mirarla.

—Quizá pueda ayudarte —ofreció Jamie.

Lo dijo en un tono alegre, lo que me enervó aún más.

—Lo dudo —refunfuñé.

—Quizá si me cuentas lo que te pasa…

No la dejé acabar la frase.

—Mira —le solté, al tiempo que me detenía y me giraba hacia ella—, me he pasado el día transportando trastos, no he probado bocado desde el almuerzo, y ahora tengo que desviarme un kilómetro y medio de mi camino para asegurarme de que llegues a casa sana y salva, cuando ambos sabemos que no es necesario que lo haga.

Era la primera vez que le alzaba la voz. Para serte sincero, me sentí más desahogado. Llevaba días con aquella tensión. Jamie se quedó demasiado perpleja para replicar, y yo continué en el mismo tono:

—Y la única razón por la que estoy haciendo todo esto es por tu padre, que encima me detesta. Todo esto no es más que una gran chorrada. ¡Cómo desearía no haberme metido en este berenjenal!

—Hablas así porque estás nervioso por la función...

La atajé sacudiendo la cabeza con contundencia. Cuando me sulfuraba, me costaba bastante calmarme. Podía soportar el optimismo y la alegría de Jamie solo por un tiempo limitado, y aquel día no era el más adecuado para presionarme excesivamente.

—¿No lo entiendes? —grité, exasperado—. ¡No estoy nervioso por la función, lo único que me pasa es que no quiero estar aquí! ¡No quiero acompañarte a casa, no quiero ser la comidilla de mis amigos y no quiero pasar más tiempo contigo! ¡Te comportas como si fuéramos amigos, pero no lo somos! ¡No somos nada, ni amigos ni nada más! ¡Solo quiero que todo esto se acabe para que pueda volver a mi vida normal!

Jamie me miraba cariacontecida por mi ataque de cólera, y, para ser sincero, no podía culparla.

—Entiendo. —Fue todo lo que dijo.

Esperaba que me alzara la voz, que se defendiera, que sacara nuevamente su triste historia a relucir, pero no lo hizo. Lo único que hizo fue fijar la vista en un punto lejano. Creo que en parte quería llorar, pero no lo hizo; finalmente me alejé con paso airado, dejándola plantada en medio de la calle.

Un momento más tarde, sin embargo, oí que también reemprendía la marcha. Permaneció unos cuatro metros separada de mí durante el resto del trayecto hasta su casa, y no intentó volver a hablar conmigo hasta que subió la última cuesta. Yo ya había iniciado el descenso cuando la oí gritar:

—Gracias por acompañarme, Landon.

Parpadeé desconcertado al oír sus palabras. Incluso

cuando acababa de comportarme de la forma más ruin posible, ladrándole con rencor, ella era capaz de hallar un motivo para darme las gracias. Así era Jamie, y creo que en el fondo la odiaba por ello.

O, mejor dicho, creo que me odiaba a mí mismo.

Capítulo 8

*L*a noche de la función, el frío era cortante. El cielo estaba absolutamente despejado, sin una sola nube. Teníamos que estar en el teatro una hora antes. Me había sentido fatal durante todo el día por cómo había tratado a Jamie la noche anterior. Ella siempre había sido sumamente amable conmigo, y yo sabía que me había comportado como un verdadero cretino.

La vi por los pasillos, entre clase y clase, y sentí el impulso de ir a pedirle perdón por lo que le había dicho, pero ella desapareció entre la multitud antes de que tuviera ocasión de hacerlo.

Cuando finalmente llegué al teatro, ella ya estaba allí. La vi hablando con la señorita Garber y con Herbert, junto a las cortinas. En el escenario se respiraba un gran ajetreo; todos iban de un lado a otro, con nerviosismo, pero Jamie parecía estar como aletargada. Todavía no se había puesto el vestido para la función (tenía que ir de blanco, con un traje vaporoso, para causar un efecto angelical). Sin embargo, todavía vestía el mismo jersey que había llevado en clase. A pesar de mis nervios por cómo iba a reaccionar, enfilé directamente hacia el trío.

—Hola, Jamie —dije—. Hola, reverendo…, señorita Garber.

Jamie se dio la vuelta y me miró.

—Hola, Landon —me saludó en un tono cordial.

Enseguida me di cuenta de que ella también había estado pensando en la noche previa, porque no me sonrió como solía hacer cada vez que me veía. Le pedí hablar con ella a solas, y los dos nos apartamos a un lado. Hegbert y la señorita

Garber nos observaban a escasos pasos, aunque no podían oírnos.

Miré alrededor del escenario, nervioso.

—Siento mucho lo que te dije anoche —empecé a disculparme—. Sé que probablemente herí tus sentimientos, y no tenía derecho a decir lo que dije.

Ella me miró a los ojos, como si se estuviera preguntando si creerme o no.

—¿Hablabas en serio? —preguntó.

—No, lo que pasa es que estaba de mal humor. A veces me paso de impertinente.

Sabía que, en realidad, no había contestado a su pregunta.

—Entiendo —respondió. Lo dijo del mismo modo que lo había dicho la noche previa; luego se giró hacia los asientos vacíos de la audiencia, otra vez con aquella mirada triste en los ojos.

—Mira, te prometo que te compensaré de algún modo —solté, al tiempo que le cogía la mano. No me preguntes por qué lo dije, solo me pareció lo más correcto en aquel momento.

Por primera vez aquella noche, ella sonrió.

—Gracias —musitó al mismo tiempo que se daba la vuelta para mirarme.

—¿Jamie?

—¿Sí, señorita Garber?

—Creo que ya va siendo hora de que vayas a cambiarte —anunció la mujer, gesticulando exageradamente con las manos.

—Tengo que irme —murmuró.

—Lo sé.

—Mucha suerte —le deseé.

Ya sé que dicen que desear buena suerte a alguien antes de una función da mala suerte; no obstante, lo hice.

—Ya verás como todo sale bien. Te lo prometo —concluí.

A continuación, nos separamos para ir a cambiarnos de ropa. Me encaminé hacia el camerino de los hombres. El teatro era bastante sofisticado, teniendo en cuenta que se trataba de un teatro de pueblo. Disponía de camerinos separados para hombres y mujeres, así que nos sentimos como si fuéramos verdaderos actores en lugar de meros aficionados.

Mi traje, que siempre guardaban en el teatro, ya estaba en el camerino. Durante los primeros ensayos, nos habían tomado las medidas para poder adaptar el vestuario a nuestras tallas. Me estaba vistiendo cuando Eric entró sin avisar. Eddie también se hallaba en el camerino, poniéndose su traje de mendigo mudo; cuando lo vio, sus ojos reflejaron puro terror. Una vez a la semana, como mínimo, Eric le gastaba la horrorosa broma del calzón chino, y Eddie abandonó el vestuario disparado como una bala, con una pierna dentro y la otra fuera del traje. Eric no le hizo caso y se sentó en el tocador delante del espejo.

—A ver, ¿qué piensas hacer? —espetó con una sonrisita maliciosa en los labios.

Lo miré con curiosidad.

—¿A qué te refieres? —pregunté.

—¡A la función, atontado! Supongo que te equivocarás en algunas frases a propósito o algo así, ¿no?

Sacudí la cabeza.

—No.

—¿Piensas cargarte el decorado?

Los problemas con el decorado eran de dominio público.

—No había planeado hacerlo —respondí estoicamente.

—¿Quieres decir que vas a actuar como es debido, sin hacer ninguna trastada?

Asentí con la cabeza. No se me había ocurrido hacer nada malo.

Eric me miró fijamente durante un buen rato, como si estuviera delante de una persona desconocida.

—Supongo que eso significa que estás madurando —concluyó. Viniendo de Eric, no estaba seguro de si interpretarlo como un cumplido.

De todos modos, sabía que tenía razón.

En la obra, Tom Thornton se queda maravillado cuando ve al ángel por primera vez; por eso va con ella por toda la

97

ciudad y la ayuda, y de ese modo comparte la Navidad con los más desafortunados. Las primeras palabras que Tom pronuncia son: «Eres preciosa». Se suponía que yo tenía que decirlas como si las sintiera de todo corazón. Era el momento crucial de la obra; establecía el tono de todo lo que sucedía después. El problema, no obstante, era que, durante los ensayos, no conseguía bordar la frase; probablemente la decía como lo habría dicho cualquiera que mirara a Jamie, a excepción de Hegbert, por supuesto. Era la única escena en la que la señorita Garber nunca había exclamado su típico «maravilloso», así que esa frase me ponía nervioso. Intentaba imaginarme a alguien más en el papel de ángel, para poder decirla con sentimiento, pero, con todas las cosas en las que tenía que concentrarme, el resultado no era muy bueno.

Jamie todavía estaba en su camerino cuando se abrió el telón. Aún no la había visto vestida de ángel, pero no pasaba nada. Ella no aparecía en las primeras escenas, que básicamente estaban dedicadas a Tom Thornton y a la relación que mantenía con su hija.

La verdad es que no pensaba que me fuera a poner muy nervioso cuando saliera a escena, porque había ensayado mucho, pero el impacto visual fue muy fuerte: el teatro estaba abarrotado hasta los topes y, tal y como la señorita Garber había predicho, habían dispuesto un par de filas extras con sillas al fondo de la sala. Normalmente, el aforo era para cuatrocientas personas, pero, con aquellas sillas de más, había por lo menos otras cincuenta personas sentadas. Además, también había gente de pie, apoyada contra la pared, apretujada como sardinas en una lata de conservas.

Tan pronto como salí a escena, todo el mundo se quedó absolutamente callado. Me di cuenta de que la multitud estaba formada sobre todo por las típicas ancianitas con el pelo azulado, las que juegan al bingo y acompañan el almuerzo de los domingos con un cóctel bloody mary, aunque podía ver a Eric sentado con todos mis amigos cerca de la fila del fondo.

Todo aquello me puso los pelos de punta; no sé si me entiendes, me refiero a eso de estar frente a tanta gente que esperaba a que yo dijera algo.

Así que hice todo lo que pude por apartar los temores de mi mente mientras recitaba mis frases en las primeras escenas de la obra. Sally, el portento con un ojo de cristal, hacía el papel de mi hija, porque era de complexión pequeña, y actuamos frente al público tal y como habíamos ensayado. No nos equivocamos en ninguna frase, aunque la verdad es que nuestra actuación tampoco fue espléndida. Cuando corrieron las cortinas para pasar a la segunda escena, tuvimos que cambiar rápidamente el decorado. Esta vez todo el mundo participó, y no me pillé los dedos ni una sola vez, pues evité a Eddie a toda costa.

Aún no había visto a Jamie —supuse que no debía ayudar a cambiar de decorado porque su traje estaba confeccionado con una tela muy fina y se rompería si se enganchaba con alguno de esos dichosos clavos—, pero no tuve mucho tiempo para pensar en ella, dado todo lo que teníamos que hacer. De repente, la cortina volvió a abrirse y me sumergí de nuevo en el mundo de Hegbert Sullivan, paseando frente a varias tiendas y mirando los escaparates en busca de la caja de música que mi hija quería para Navidad.

Estaba de espaldas a Jamie, cuando esta apareció en escena, pero oí que la multitud exclamaba de forma colectiva con admiración. Me pareció raro que unos momentos antes todo estuviera en silencio, y que, en cambio, de repente, hubiera un gran murmullo entre el público que algunos intentaban acallar con los característicos «chis». Justo entonces, por el rabillo del ojo, vi a Herbert, que estaba en un rincón del escenario, detrás de la cortina. Le temblaba la mandíbula. Me preparé para darme la vuelta y, cuando lo hice, finalmente comprendí la reacción del público.

Por primera vez desde que la conocía, su pelo de color miel no estaba sujeto en un moño tenso, sino que caía en una sedosa cascada que le acariciaba los hombros, mucho más largo de lo que había imaginado. Llevaba un poco de purpurina en el pelo, que brillaba bajo los focos de una forma luminosa, como si se tratara de un halo de cristal. En contraste con su vaporoso vestido blanco, confeccionado especialmente a medida para ella, el resultado era fascinante.

Jamie no parecía la niña con la que me había criado, ni

99

tampoco la chica adolescente en la que se había convertido recientemente. Lucía un toque de maquillaje, no mucho, solo lo bastante como para realzar la suavidad de sus rasgos. Sonreía levemente, como si fuera la dueña de un secreto muy especial, tal y como sucedía en la obra.

Parecía un ángel de verdad.

Sé que se me desencajó un poco la mandíbula y me quedé de pie, contemplándola, durante lo que pareció un largo intervalo de tiempo, extasiado en silencio, hasta que de repente recordé que tenía que recitar una frase. Aspiré hondo y, luego, lentamente, dije:

—Eres preciosa.

Creo que todo el mundo en la sala, desde las ancianitas con el pelo azulado de las primeras filas hasta mis amigos, situados al final de sala, se dio cuenta de que realmente lo decía de todo corazón.

Por primera vez, bordé la frase.

Capítulo 9

*D*ecir que la obra fue un éxito tremendo sería quedarme corto. La audiencia rio y lloró, lo que, en gran medida, era nuestro objetivo. Pero debido a la presencia de Jamie, la función se convirtió en algo muy especial, y creo que todos mis compañeros de reparto se quedaron tan gratamente impresionados como yo con el resultado final. Todos exhibían la misma mirada extasiada que yo la primera vez que vi a Jamie vestida de ángel, lo que contribuyó a que actuaran con más garbo. Terminamos la primera función sin ningún contratiempo, y la noche siguiente hubo aún más espectadores, por más que cueste creerlo.

Incluso Eric se dejó caer más tarde por el camerino para felicitarme, lo que, después de lo que me había dicho, fue una grata sorpresa.

—Los dos lo habéis hecho fenomenal —dijo simplemente—. Estoy muy orgulloso de ti, chaval.

Mientras me estaba felicitando, la señorita Garber no dejaba de exclamar «¡Maravilloso!» a cualquiera que pasara por allí cerca, repitiéndolo tantas veces que seguí oyéndolo incluso cuando me acosté aquella noche.

Busqué a Jamie cuando se cerraron las cortinas por última vez, y la vi en un rincón, con su padre. Él tenía lágrimas en los ojos —era la primera vez que lo veía llorar— y estrechaba a Jamie entre sus brazos; se quedaron abrazados durante mucho rato. Él le acariciaba el pelo y susurraba: «Mi ángel», mientras ella mantenía los ojos cerrados. Incluso a mí se me formó un nudo en la garganta.

Me di cuenta de que, después de todo, no era tan malo eso de hacer «lo correcto».

Cuando finalmente se soltaron, Hegbert, orgulloso, se acercó con su hija al resto del grupo, y Jamie obtuvo una lluvia de felicitaciones de parte de todos sus compañeros. Ella sabía que lo había hecho bien, aunque no dejaba de decir que no entendía el porqué de aquel gran éxito. Se comportaba como de costumbre, con una alegría genuina, pero, con aquel aspecto tan embelesador, su actitud adquiría un sentido totalmente nuevo. Yo permanecí en un rincón, permitiéndole gozar de su momento de gloria, y he de admitir que, en cierto modo, me sentí como el bueno de Hegbert. No podía evitar sentirme feliz por ella, incluso orgulloso. Cuando Jamie me vio de pie en el rincón, se excusó educadamente del grupo que la rodeaba y se alejó de ellos. Se detuvo cerca de mí.

Me miró a los ojos y sonrió.

—Gracias. Has hecho que mi padre se sienta muy feliz.

—De nada —contesté sinceramente.

Lo extraño fue que, cuando lo dijo, me di cuenta de que Hegbert se iría a casa con ella, y por una vez deseé tener la oportunidad de ser yo quien la acompañara.

El lunes siguiente era nuestra última semana de clase antes de las vacaciones navideñas, y teníamos exámenes cada día. Además, tenía que acabar de cumplimentar mi solicitud de ingreso para la Universidad de Carolina del Norte, una actividad que había estado posponiendo a causa de los ensayos. Planeaba hincar los codos durante toda la semana, y cada noche, antes de acostarme, centrarme en la redacción. Aun así, no podía evitar pensar en Jamie.

Su transformación durante la función había sido, cuando menos, sorprendente, y creí que marcaba un cambio en ella. No sé por qué pensé eso, pero lo hice, y por ese motivo me quedé extrañado cuando ella se presentó el lunes en el instituto vestida como de costumbre: con un jersey marrón, la falda a cuadros y el pelo sujeto en un moño.

Solo necesité mirarla una vez, y no pude evitar sentir

pena por ella. Durante el fin de semana, se había mostrado como una chica normal —incluso especial—, o, por lo menos, esa había sido mi impresión, pero no sé por qué había dejado que se le escapara la oportunidad de seguir siendo normal.

Es cierto que la gente se mostraba más afable con ella, e incluso los que antes ni siquiera le dirigían la palabra le dijeron que había bordado el papel en la función, pero desde el primer momento me di cuenta de que su suerte no iba a durar. Es difícil romper con los hábitos forjados desde la más tierna infancia, y me pregunté si el resultado final no sería aún peor para Jamie. Ahora que todos sabían que podía tener un aspecto normal, podrían incluso ser más desalmados con ella.

Quería hablar con Jamie sobre mis impresiones, de verdad, pero planeaba hacerlo cuando se acabara aquella semana. No solo tenía un montón de cosas por hacer, sino que además quería disponer de un poco de tiempo para pensar en la mejor forma de abordar el tema. Para ser sincero, todavía me sentía un poco culpable por las cosas que le había dicho durante nuestro último paseo, y eso no se debía únicamente a que la obra hubiera sido un éxito. Tenía más que ver con que, a lo largo de las semanas que habíamos estado juntos, Jamie siempre se había portado muy bien conmigo; en cambio, yo me había portado muy mal.

A decir verdad, tampoco pensaba que ella quisiera hablar conmigo. Sabía que me había visto con mis amigos a la hora del almuerzo, mientras estaba sentada sola en un rincón, leyendo su Biblia, como de costumbre, pero no se me acercó. Sin embargo, cuando salí del instituto aquel día, oí su voz a mi espalda. Me preguntó si no me importaría acompañarla a casa. Aunque no estaba listo para hablarle de todo aquello a lo que estaba dando vueltas, accedí. Por los viejos tiempos, ya me entiendes.

Un minuto más tarde, Jamie fue al grano.

—¿Recuerdas lo que me dijiste durante nuestro último paseo? —preguntó.

Asentí con la cabeza, deseando que ella no hubiera sacado el tema a colación.

—Prometiste que me compensarías de algún modo —me recordó.

Por un momento, me sentí confuso. Pensaba que ya lo había hecho con mi actuación en la función. Jamie prosiguió.

—Pues bien, he estado pensando en lo que podrías hacer —continuó, sin darme la oportunidad de rechistar—, y esto es lo que he decidido.

Me pidió si no me importaría recoger los botes de conserva y las latas de café que ella había dejado en algunos establecimientos del pueblo a principios de año. Estaban en los mostradores, normalmente cerca de la caja registradora, para que la gente depositara el cambio recibido por la compra realizada. El dinero iba destinado a los huérfanos. Jamie no se atrevía a pedir donativos directamente a nadie, sino que quería que la gente lo hiciera de forma voluntaria. Según su forma de pensar, esa era la verdadera actitud cristiana.

Recordé que había visto los botes en lugares como el bar Cecil y el teatro Crown. Mis amigos y yo solíamos echar clips y babosas cuando la cajera no miraba, ya que hacían el mismo ruido que una moneda al caer en su interior; luego nos desternillábamos pensando en la trastada que le acabábamos de hacer a Jamie. Solíamos bromear sobre qué cara pondría cuando abriera uno de esos botes, cuando, esperando encontrar una considerable cantidad de monedas, debido al peso, se topara solo con babosas y clips. A veces, cuando a uno lo pillan con alguna travesura que ha hecho se siente incómodo, y eso fue exactamente lo que me pasó a mí.

Jamie vio la mueca de angustia en mi cara.

—No tienes que hacerlo —dijo, obviamente decepcionada—. Solo pensaba que, puesto que la Navidad está a la vuelta de la esquina, y yo no tengo coche, me llevaría demasiado tiempo recoger todos los botes y...

—No —la atajé—. Lo haré. Tampoco es que tenga muchas cosas que hacer.

Así que a eso me dediqué a partir del miércoles, a pesar de que tenía que estudiar para los exámenes y que necesitaba acabar de redactar la solicitud para la universidad. Jamie me había entregado una lista con todos los locales donde ella había dejado una hucha. Le pedí prestado el coche a mi madre y, al día siguiente, comencé por la punta más alejada del pueblo.

Había dejado unas sesenta latas en total, y calculé que necesitaría solo un día para recogerlas todas. Comparado con el trabajo previo que ya había hecho ella —ir establecimiento por establecimiento, pidiendo permiso para dejar una de las huchas en el mostrador—, lo mío iba a ser pan comido.

Jamie había necesitado casi seis semanas para completar el trabajo: primero había tenido que reunir sesenta botes y latas vacías, y luego solo había podido dejar dos o tres cada día, ya que no disponía de coche y no podía cargar con más latas a la vez.

Cuando empecé, me sentí un poco incómodo con la idea de ser el único voluntario para recoger las latas y los botes, dado que era el proyecto de Jamie, pero me recordé a mí mismo que ella me había pedido ayuda.

Fui de un establecimiento a otro, recogiendo latas y botes, y al llegar al final del primer día me di cuenta de que tardaría un poco más de lo que inicialmente había pensado.

105

Solo había recogido unas veinte huchas, porque había olvidado un factor básico en la vida en Beaufort: en un pequeño pueblo como el nuestro, era imposible entrar en un local y agarrar la lata sin intercambiar unas palabras con el propietario o saludar a algún conocido. No era tan fácil. Así pues, me tocó sentarme a escuchar alguna que otra anécdota, como, por ejemplo, alguien que contaba que había conseguido pescar un marlín en otoño, o a alguien que me preguntaba por los estudios, o al dueño del local que decía que necesitaba una mano para descargar varias cajas en el almacén, o quizás a alguien que me pedía mi opinión sobre si deberían cambiar de sitio el expositor de revistas y colocarlo en la otra punta de la tienda.

Sabía que Jamie habría sabido comportarse debidamente en cada una de esas circunstancias, e intenté actuar tal y como pensé que ella esperaría. Después de todo, era su proyecto.

Para no alargar más mi trabajo, no examiné el contenido de las latas. Simplemente abría una lata y echaba su contenido en otra, para reducir el número de huchas. Al final del primer día, todos los donativos estaban hacinados en dos botes grandes, y los subí a mi habitación. Vi varios billetes a través del cristal —no demasiados—, pero no me puse nervioso hasta que vacié el contenido en el suelo y constaté que prácticamente todas las monedas eran centavos. A pesar de que no había tantas babosas ni clips como había esperado, la verdad es que, cuando conté el dinero, el resultado fue ciertamente descorazonador.

Solo había veinte dólares con treinta y dos centavos. Incluso en 1958, eso no era mucho dinero, sobre todo si se tenía en cuenta que tocaba dividirlo entre treinta niños.

Sin embargo, no me desanimé, sino que pensé que se trataba de un error. Al día siguiente volví a la carga, recogí varias docenas de latas y charlé con otros veinte propietarios mientras recogía latas y botes. La cantidad total: veintitrés dólares con ochenta y nueve centavos.

El tercer día fue aún peor. Después de contar el dinero, no podía dar crédito a lo que veían mis ojos. ¡Solo había once dólares con cincuenta y dos centavos! Esos botes provenían de los establecimientos situados junto al paseo marítimo, donde solían ir los turistas y los adolescentes como yo. Evidentemente, no éramos las personas más generosas del mundo.

Al ver la ridícula suma total —cincuenta y cinco dólares con setenta y tres centavos— me sentí fatal, sobre todo al pensar que aquellos botes habían permanecido en los establecimientos durante casi un año entero, y que yo mismo los había visto infinidad de veces.

Aquella noche se suponía que tenía que llamar a Jamie para comunicarle la cantidad total, pero no tuve valor para hacerlo. Ella me había confesado su deseo de que aquel año fuera superespecial para los huérfanos, y no iba a serlo (incluso yo lo sabía). En vez de eso, le mentí y le dije que no pensaba contar el total hasta que los dos pudiéramos hacerlo juntos, porque era su proyecto, no el mío. La verdad me parecía demasiado deprimente.

Le prometí que le llevaría el dinero el día siguiente —el 21 de diciembre, el día más corto del año—, por la tarde, después de las clases. Solo faltaban cuatro días para Navidad.

Υ

—¡Es un milagro! —exclamó Jamie después de contar el dinero.

—¿Cuánto hay? —pregunté, a pesar de que sabía la cantidad exacta.

—¡Aquí hay casi doscientos dólares con cuarenta y siete centavos! —Me miró a la cara, arrebolada de alegría.

Dado que Hegbert estaba en casa, pude entrar y sentarme en el comedor, y allí fue donde Jamie contó el dinero. Había agrupado las monedas con esmero, formando unas pilas que se extendían por todo el suelo; la mayoría eran de diez y de veinticinco centavos. Hegbert estaba en la cocina, sentado junto a la mesa, escribiendo su sermón, e incluso él giró la cabeza cuando oyó el alborozo en la voz de su hija.

—¿Crees que será suficiente? —pregunté con aire inocente.

Las lágrimas rodaban por las mejillas de Jamie mientras contemplaba el espacio a su alrededor, sin todavía dar crédito a lo que veía. Ni siquiera después de la función de teatro se había mostrado tan feliz. Me miró directamente a los ojos.

—Es... maravilloso —dijo, sonriendo. Su voz contenía más emoción de la que jamás había oído antes—. El año pasado solo obtuve setenta dólares.

—Me alegro de que este año haya sido mejor —afirmé, no sin dificultad, a causa del nudo que se me había formado en la garganta—. Si no hubieras dejado esas huchas a principios de año, seguro que no habrías conseguido tanto dinero.

Estaba mintiendo, pero no me importaba. Por una vez, mentir era lo correcto.

No ayudé a Jamie a elegir los juguetes —supuse que ella sabría perfectamente lo que los niños querían—, pero insistió en que fuera con ella al orfanato en Nochebuena para estar presente cuando los niños abrieran los regalos.

—Por favor, Landon —me suplicó y, al verla tan emocionada, no tuve coraje para rechazar su invitación.

Así que tres días más tarde, mientras mi padre y mi madre asistían a una fiesta en casa del alcalde, me puse una americana de pata de gallo y mi mejor corbata y enfilé hacia el coche de mi madre con un regalo para Jamie bajo el brazo. Había gastado mis últimos dólares en un bonito jersey; fue lo único que se me ocurrió comprarle. No era exactamente fácil comprarle un regalo a esa chica.

Se suponía que tenía que estar en el orfanato a las siete, pero el tráfico en el puente era infernal hasta casi el puerto de Morehead City, y tuve que esperar a que un buque de carga abandonara lentamente el puerto en dirección al canal.

La puerta principal del orfanato estaba cerrada cuando llegué, y me puse a aporrearla hasta que al final el señor Jenkins me oyó. Rebuscó entre su juego de llaves hasta que encontró la correcta; un momento más tarde, abrió la puerta. Atravesé el umbral, propinándome golpecitos en los brazos para zafarme del frío.

—¡Ah, eres tú! —me saludó con alegría—. Te estábamos esperando. Vamos, te acompañaré hasta la sala donde ya están todos reunidos.

Me guio por el pasillo hasta la sala de juegos, la misma estancia donde ya había estado unos días antes. Hice una pausa un momento e inspiré hondo antes de entrar.

En el interior, el ambiente era mejor de lo que me había figurado.

El centro de la estancia lo ocupaba un enorme árbol de Navidad, decorado con guirnaldas, lucecitas de colores y cientos de adornos dispares hechos a mano. Debajo del árbol, esparcidos en todas direcciones, se elevaban pilas de regalos envueltos en papeles vistosos, de todos los tamaños y medidas posibles. Los niños se hallaban sentados en el suelo, formando un gran semicírculo. Por lo visto, se habían puesto sus mejores trajes: los chicos lucían pantalones azul marino y camisas de cuello blanco, y las chicas llevaban faldas azul marino y blusas de manga larga. Todos tenían aspecto de haberse aseado con esmero para la ocasión, y la mayoría de los chicos iban con el pelo recién cortado.

En la mesa junto a la puerta había un bol lleno de ponche y varias bandejas con galletas en forma de árbol de Navidad, espolvoreadas con azúcar verde. Varios adultos se hallaban sentados en el suelo, entre los niños. Los más pequeños estaban instalados cómodamente en los regazos de los adultos, con las caritas extasiadas, escuchando un clásico poema navideño.

No vi a Jamie, al menos no de inmediato; fue su voz lo primero que reconocí. Era ella quien estaba recitando el poema, y finalmente la localicé. Estaba sentada en el suelo, delante del árbol, con las piernas cruzadas bajo la falda.

Para mi sorpresa, vi que aquella noche llevaba el pelo suelto, como en la noche de la función. En lugar de su viejo cárdigan, tan visto, vestía un jersey rojo de cuello de pico que acentuaba el color de sus ojos azul claro. Incluso sin la purpurina en el pelo ni el vaporoso vestido blanco, estaba deslumbrante. Sin ser consciente de ello, contuve la respiración. Por el rabillo del ojo, vi al señor Jenkins, que me miraba sonriente. Inspiré y sonreí, intentando recuperar el control.

Jamie hizo una pausa y alzó la vista del libro que sostenía entre las manos. Me vio de pie, junto al umbral, y acto seguido prosiguió con la lectura. Necesitó otro minuto más para concluir el poema; luego se levantó y se alisó la falda, rodeó al grupo de niños y enfiló directamente hacia mí. Yo no sabía si ella quería que fuera a su encuentro, por lo que permanecí inmóvil junto a la puerta.

El señor Jenkins ya había desaparecido de la sala.

—Siento haber empezado sin ti —se disculpó Jamie cuando finalmente se colocó a mi lado—, pero los niños estaban tan impacientes...

—Lo entiendo —contesté, sonriendo, sin poder dejar de pensar en lo guapa que estaba.

—Me alegro de que hayas venido.

—Yo también.

Jamie sonrió, me cogió de la mano y me invitó a seguirla.

—Vamos, ayúdame a entregar los regalos.

Pasamos la siguiente hora haciendo precisamente eso, bueno, eso y contemplar cómo cada niño abría su correspondiente regalo. Jamie se había dedicado a hacer compras por todo el pueblo; había elegido varias cosas para cada niño que había en la sala; regalos individuales, algo que nunca antes habían recibido.

Los niños no solo recibieron los regalos de Jamie; tanto el

109

orfanato como el personal que trabajaba allí habían comprado también algún que otro detalle. Mientras los envoltorios de colores inundaban todo el espacio de la sala en un desatado frenesí, estallaban grititos de alegría por doquier. Tuve la impresión de que la felicidad reflejada en sus caras indicaba que todos los niños habían recibido mucho más de lo que esperaban, y no paraban de darle las gracias a Jamie.

Cuando finalmente las partículas de polvo se posaron de nuevo sobre los muebles y todos los regalos estuvieron abiertos, el ambiente empezó a sosegarse. El señor Jenkins y una señora que no había visto nunca antes se dedicaron a limpiar la sala. Algunos de los niños más pequeños empezaban a quedarse dormidos debajo del árbol. Varios chicos mayores se retiraron a sus habitaciones con sus regalos; uno de ellos, de camino a la puerta, dio media vuelta al interruptor para atenuar la luz de las lámparas del techo. Las lucecitas del árbol emitían una luminosidad etérea; mientras tanto, en el fonógrafo que habían instalado en un rincón, sonaba suavemente el villancico *Silent Night*, con su lenta melodía.

Yo todavía seguía sentado en el suelo junto a Jamie, quien sostenía a una niñita que se había quedado dormida en su falda. Debido a la gran algarabía, no habíamos tenido oportunidad de hablar, aunque tampoco fuera algo que nos importara. Los dos contemplábamos las lucecitas del árbol, y me pregunté en qué debía estar pensando Jamie. No lo sabía, pero la verdad era que lucía una mirada risueña. Pensé —o, mejor dicho, tuve la certeza— de que estaba encantada con el transcurso de la velada y, en el fondo, yo también lo estaba. Había sido la mejor Nochebuena de mi vida.

La miré. Con su cara iluminada por las lucecitas de colores, estaba más guapa que ninguna otra chica que jamás hubiera visto.

—Tengo algo para ti —dije al final—; un regalo, quiero decir.

Pronuncié las palabras con suavidad para no despertar a la pequeñina, y esperé que mi tono enmascarara el nerviosismo en mi voz.

Jamie se giró hacia mí para mirarme a los ojos y me sonrió con dulzura.

—No tenías que hacerlo. —Ella también mantenía el tono bajo, y su voz sonaba casi musical.

—Ya, pero quería hacerlo.

Había dejado el regalo en un rincón, así que me levanté para ir a buscarlo; luego regresé a su lado con un paquete envuelto con un vistoso papel.

—¿Te importa abrirlo por mí? En estos momentos, tengo las manos ocupadas. —Bajó la vista hacia la pequeña y después volvió a mirarme.

—No tienes que abrirlo ahora, si no quieres. No es gran cosa —alegué, al tiempo que me encogía de hombros.

—No seas tonto. No se me ocurriría abrirlo si tú no estás presente.

Para aclarar mis ideas, miré primero el regalo y luego empecé a abrirlo, levantando la cinta adhesiva con suavidad, para no hacer mucho ruido; luego desenvolví el papel hasta que vi la caja. Dejé el papel a un lado, levanté la tapa, saqué el jersey y lo sostuve en alto para que Jamie pudiera verlo. Era de color marrón, como los que ella solía llevar, pero pensé que no le iría mal uno nuevo.

Después de las muestras de alegría que había visto antes, no esperaba una gran reacción por su parte.

—¿Lo ves? Ya te lo había dicho; no es gran cosa —me excusé. Esperaba que no se sintiera decepcionada.

—Es precioso —respondió ella con absoluta sinceridad—. Me lo pondré la próxima vez que quede contigo. Gracias.

Permanecimos sentados en silencio durante unos momentos. De nuevo, desvié la vista hacia las luces.

—Yo también tengo un regalo para ti —añadió ella con un susurro.

Miró hacia el árbol, y yo seguí su mirada. El regalo estaba debajo del árbol, parcialmente escondido por la peana, y alargué el brazo para cogerlo. Era rectangular, flexible y pesaba un poco. Me lo puse sobre el regazo y lo dejé allí, sin mostrar la más mínima intención de abrirlo.

—Ábrelo —me animó Jamie, mirándome insistentemente.

—No puedes darme esto —dije sin apenas aliento. Ya sabía lo que contenía, y no podía creer lo que ella había hecho. Mis manos empezaron a temblar.

111

—Por favor —me pidió con la voz más gentil que jamás había oído—. Ábrelo. Quiero que te lo quedes.

Desenvolví el paquete despacio. Cuando quité el papel, lo sostuve con cuidado, por temor a dañarlo. Lo contemplé fijamente, como hipnotizado, y, poco a poco, deslicé la mano por el ajado lomo de piel curtida, acariciándolo con las yemas de los dedos, mientras mis ojos se inundaban de lágrimas. Jamie se inclinó hacia mí y colocó su mano sobre la mía. Era cálida y suave.

La miré a los ojos, sin saber qué decir.

Jamie me había regalado su Biblia.

—Gracias por todo lo que has hecho —susurró—. Ha sido la mejor Navidad de mi vida.

Giré la cara sin contestar, en busca del vaso de ponche que había dejado en el suelo. El estribillo del villancico llenaba la sala. Tomé un sorbo de ponche, intentando calmar la sensación de sequedad en la garganta. Mientras bebía, me vi asaltado por el recuerdo de todos los momentos que había compartido con Jamie. Pensé en el baile de inauguración del curso y lo que ella había hecho por mí aquella noche; pensé en la obra de teatro y en el aspecto angelical que lucía; pensé en las veces que la había acompañado hasta su casa y en cómo la había ayudado a recoger los botes y las latas llenas de centavos para los huérfanos.

A medida que esas imágenes inundaban mi mente, me fui quedando sin aliento. Miré a Jamie, luego alcé la vista hacia el techo y después miré a mi alrededor, procurando mantener la compostura. Volví a mirar a Jamie.

Ella me sonrió y yo le devolví la sonrisa, sin poder dejar de pensar cómo era posible que me hubiera enamorado de una chica como Jamie Sullivan.

Capítulo 10

$\mathcal{M}$ás tarde, aquella noche, la llevé a su casa en coche. Al principio no estaba seguro de si recurrir a la vieja táctica de bostezar alargando el brazo para rodearla con disimulo por el hombro, pero, si he de ser sincero, no sabía exactamente qué sentía ella por mí.

Era cierto que me había dado el regalo más maravilloso que nadie jamás me había hecho y, aunque probablemente nunca abriría aquella Biblia para leerla con el mismo fervor que ella, sabía que para Jamie eso suponía desprenderse de una parte esencial de su vida. Pero era la clase de persona que donaría un riñón a un desconocido que acabara de conocer por la calle, si de verdad lo necesitara, así que no estaba exactamente seguro de cómo interpretarlo.

Jamie me había dicho una vez que no era tonta, y supongo que finalmente yo había llegado a la conclusión de que no lo era. Quizá fuera un poco…, bueno, diferente…, pero ella había deducido lo que yo había hecho por los huérfanos y, analizándolo en retrospectiva, creo que incluso lo sabía cuando estábamos sentados en el suelo de su comedor contando las monedas. Cuando dijo que era un milagro, supongo que se refería específicamente a mí.

Recuerdo que Hegbert había entrado en el comedor mientras Jamie y yo estábamos hablando de la cantidad total de dinero, aunque no dijo gran cosa. Últimamente, el viejo Hegbert se comportaba de una forma extraña; por lo menos, a mí me daba esa impresión. Es cierto que en sus sermones seguía abordando la cuestión de la codicia, y todavía hablaba de fornicadores, pero sus sermones eran más cortos que de costumbre; incluso de vez en cuando se tomaba una pausa justo en medio, y entonces lo embargaba aquella extraña mirada melancólica, como si estuviera pensando en otra cosa, en algo verdaderamente triste.

No sabía cómo interpretar su comportamiento, dado que en realidad no lo conocía tan bien. Y Jamie, cuando hablaba de su padre, parecía describir a una persona completamente diferente. No podía imaginar a Hegbert con un gran sentido del humor, de la misma forma que me resultaba imposible imaginar dos lunas en el cielo.

Bueno, la cuestión es que él entró en el comedor mientras hablábamos del dinero recolectado y Jamie se puso de pie con aquellas lágrimas en los ojos; Hegbert no pareció darse cuenta de mi presencia. Dijo que estaba muy orgulloso de ella y que la quería mucho; luego regresó de nuevo a la cocina y volvió a concentrarse en su sermón, sin siquiera saludarme. Ya sé que yo no había sido precisamente el niño más devoto de la congregación, pero me pareció que su comportamiento era un tanto extraño.

Mientras estaba pensando en Hegbert, miré con disimulo a Jamie, que estaba sentada a mi lado. Permanecía con la vista fija en la ventana, en actitud risueña, casi sonriente, pero distante a la vez. Sonreí. Quizás estaba pensando en mí. Mi mano empezó a deslizarse por el asiento, acercándose a la de ella, pero, antes de que pudiera rozarla, Jamie rompió el silencio.

—¿Alguna vez piensas en Dios? —me preguntó al tiempo que se giraba hacia mí.

Retiré la mano.

Veamos, cuando pensaba en Dios, normalmente me lo imaginaba como en uno de esos viejos cuadros que había visto en alguna iglesia —un gigante que planea en el cielo, con una túnica blanca, el pelo largo ondeando al viento y apuntando con su dedo hacia el suelo, o algo por el estilo—, pero sabía que ella no se refería a eso. Jamie estaba hablando de los designios del Señor. Tardé un momento en contestar.

—Claro, a veces.

—¿Y alguna vez te has preguntado por qué las cosas son como son?

Asentí, inquieto.

—Últimamente pienso mucho en eso —matizó ella.

«¿Incluso más que de costumbre?», me habría gustado preguntarle, pero no lo hice. Podía ver que Jamie aún tenía algo más que añadir, así que permanecí callado.

—Sé que el Señor tiene un propósito para cada uno de nosotros, pero a veces no consigo entender su mensaje. ¿A ti te pasa lo mismo?

Me lo preguntó como si fuera algo en lo que yo pensara todo el tiempo.

—Bueno, no creo que su intención sea que siempre comprendamos su mensaje. Creo que a veces solo tenemos que tener fe —razoné.

He de admitir que era una respuesta bastante buena. Supongo que mis sentimientos por Jamie estaban provocando que mi cerebro reaccionara un poco más rápido que de costumbre. Vi que ella reflexionaba sobre mi respuesta.

—Sí, tienes razón —admitió finalmente.

Sonreí para mí y cambié de tema, ya que hablar de Dios no era la conversación más idónea para conseguir que una persona se pusiera romántica.

—¿Sabes? —empecé a decir en un tono despreocupado—, me ha encantado cuando estábamos sentados junto al árbol, en el orfanato.

—Sí, a mí también —respondió. Su mente se hallaba todavía en un lugar distante.

—Y tú estabas muy guapa.

—Gracias.

Mi táctica no estaba funcionando.

—¿Puedo preguntarte algo? —murmuré finalmente, con la esperanza de captar su atención.

—Dime.

Aspiré hondo.

—Mañana, después de misa, y, bueno…, después de que hayas pasado un rato con tu padre…, quiero decir… —Hice una pausa y la miré a los ojos—. ¿Te gustaría venir a mi casa a comer?

A pesar de que aún miraba hacia la ventana, pude distinguir el suave contorno de la sonrisa que se perfilaba en sus labios.

—Sí, Landon, me encantaría.

Suspiré aliviado, sin creer que realmente hubiera sido capaz de invitarla, y todavía preguntándome cómo era posible que lo hubiera hecho. Conduje por calles con casas decoradas con luces navideñas y atravesé Beaufort City Square. Un par de minutos más tarde, me decidí a deslizar la mano de nuevo por el asiento, le cogí la mano y, para rematar una noche perfecta, ella no la retiró.

Cuando aparqué frente a su casa, las luces del comedor estaban todavía encendidas, por lo que pude ver a Hegbert detrás de las cortinas. Supuse que todavía estaría despierto porque querría saber cómo había transcurrido la velada en el orfanato. O bien eso, o bien quería asegurarse de que yo no besaba a su hija en el porche. Sabía que él desaprobaría esa clase de comportamiento.

Estaba pensando en ello, quiero decir, en qué hacer cuando finalmente nos despidiéramos, cuando los dos salimos del coche y enfilamos hacia la puerta. Jamie permanecía callada y satisfecha, y creo que también contenta de que la hubiera invitado a comer. Dado que ella había sido tan astuta como para deducir lo que yo había hecho por los huérfanos, supuse que quizá también sería lo bastante astuta como para comprender las implicaciones de mi invitación. Creo que incluso se dio cuenta de que era la primera vez que la invitaba a hacer algo no por obligación, sino por voluntad propia.

Justo cuando llegamos a los peldaños del porche, vi que Hegbert nos espiaba desde detrás de las cortinas; entonces se apartó rápidamente. Con algunos padres, como con los de Angela, por ejemplo, eso significaba que ellos sabían que su hija ya estaba de vuelta y que nos daban un minuto antes de abrir la puerta. Normalmente, con ese minuto bastaba para que los dos nos miráramos embelesados mientras yo aunaba el coraje necesario para besarla. Solía necesitar esos sesenta segundos.

Con Jamie, sin embargo, no sabía si ella querría besarme; la verdad es que dudaba seriamente que quisiera hacerlo. Pero estaba tan guapa, con el pelo suelto…, y todo lo que había sucedido aquella noche había sido tan especial que no pensaba desperdiciar la oportunidad, si se terciaba. Podía notar pequeñas mariposas que empezaban a revolotear en mi estómago cuando Hegbert abrió la puerta.

—He oído el coche —dijo tranquilamente. Su piel era del mismo color cetrino que de costumbre, pero parecía cansado.

—Hola, reverendo Sullivan —saludé abatido.

—Hola, papá —dijo Jamie jovialmente un segundo más tarde—. ¡Cómo me gustaría que hubieras venido! ¡Ha sido maravilloso!

—Me alegro mucho, de verdad. —Hegbert intentó recuperar la compostura seria y carraspeó—. Os daré unos minutos para que os despidáis. Dejaré la puerta abierta para que entres, cielo.

El reverendo dio media vuelta y regresó al comedor. Yo tenía la plena seguridad de que, desde el sitio donde estaba sentado, podía vernos perfectamente. Fingió leer, aunque no alcancé a distinguir qué sostenía entre las manos.

—Ha sido una noche maravillosa, Landon —apuntó Jamie.

—Yo también lo he pasado muy bien —contesté, sintiendo los ojos de Hegbert sobre mí.

Me pregunté si el reverendo sabría que le había cogido la mano a Jamie durante el trayecto de regreso en coche.

—¿A qué hora quieres que vaya a tu casa mañana? —me preguntó ella.

Hegbert enarcó levemente una ceja.

—Pasaré a buscarte. ¿Te parece bien?

Jamie miró por encima del hombro.

—Papá, ¿mañana puedo ir a comer a casa de Landon?

Hegbert se llevó una mano a los ojos y empezó a frotárselos con aire cansado. Luego suspiró.

—Si para ti es importante, adelante —contestó.

No era el voto de confianza más emotivo que hubiera oído en la vida, pero me di por satisfecho.

—¿Quieres que lleve algo? —preguntó Jamie. En el sur era costumbre hacer esa pregunta cuando alguien te invitaba a comer.

—No, no tienes que llevar nada —respondí.

Permanecimos unos momentos sin decir nada, y yo sabía que Hegbert empezaba a impacientarse. Durante todo el rato que Jamie y yo habíamos estado en el porche, no había pasado ni una sola página del libro que supuestamente estaba leyendo.

—Hasta mañana —se despidió ella.

—Sí, hasta mañana.

Jamie clavó la vista en sus zapatos por un momento y volvió a mirarme a la cara.

—Gracias por haberme acompañado a casa.

Acto seguido, dio media vuelta y atravesó el umbral. Apenas pude ver la leve sonrisa que se dibujó suavemente en sus labios cuando, con disimulo, miró hacia el porche al cerrar la puerta.

Al día siguiente, la recogí a la hora convenida y me alegré al ver que, de nuevo, llevaba el pelo suelto. Se había puesto el jersey que le había regalado, tal y como me había prometido.

Tanto mi madre como mi padre se mostraron bastante sorprendidos cuando les comenté que había invitado a Jamie a comer. Para mi madre no suponía ningún esfuerzo extra; cuando mi padre estaba en casa, le pedía a Helen, la cocinera, que preparase comida para un regimiento.

Supongo que no lo había mencionado antes, me refiero a que teníamos cocinera. En nuestra casa había criada y cocinera, no solo porque mi familia podía permitírselo, sino porque además mi madre no era la mejor ama de casa del mundo, que digamos. De vez en cuando, me preparaba un bocadillo para comer, pero algunas veces, cuando se manchaba las uñas de mostaza, se pasaba tres o cuatro días sin preparármelos. Sin Helen, me habría criado comiendo puré de patatas requemado y bistecs con la textura de una goma de mascar.

Mi padre, afortunadamente, se había dado cuenta de esa poca habilidad de mi madre tan pronto como se casaron, y por eso la cocinera y la criada habían estado a nuestro servicio desde que yo había nacido.

Aunque nuestra casa fuera más grande que la mayoría en

el vecindario, no se asemejaba a un palacio ni nada parecido, y ni la cocinera ni la criada vivían con nosotros, porque no disponíamos de un alojamiento independiente para ellas.

Mi padre había comprado la casa por su valor histórico. A pesar de que no era donde había vivido Barbanegra —lo cual habría sido más interesante para alguien como yo—, había pertenecido a Richard Dobbs Spaight, uno de los firmantes de la Constitución. Spaight también era el propietario de un rancho en los confines de New Bern, a unos sesenta y cinco kilómetros, y allí era donde estaba enterrado.

Nuestra casa no era tan famosa como el rancho donde estaba enterrado Dobbs Spaight, pero le permitía alardear en los pasillos del congreso; cuando se paseaba por el jardín, su cara de satisfacción era más que evidente, como si soñara con el legado que pensaba dejar. En cierto modo, eso me entristecía, porque, por más que se lo propusiera, nunca superaría al bueno de Richard Dobbs Spaight.

Acontecimientos históricos como firmar la Constitución solo pasaban una vez cada varios siglos y, lo interpretaras como lo interpretaras, debatir sobre los subsidios de los campesinos que se dedicaban a la cosecha de tabaco o hablar acerca de «la influencia roja» nunca podría igualarse a ese honor. Incluso alguien como yo se daba cuenta de eso.

Nuestra casa estaba ubicada en el distrito histórico —y todavía lo está, supongo— y, aunque Jamie ya había estado allí una vez, volvió a quedar impresionada cuando atravesó el umbral.

Mi madre y mi padre se habían vestido para la ocasión, igual que yo, y mi madre le dio un beso de bienvenida a Jamie en la mejilla. Mientras contemplaba cómo se saludaban, no pude evitar pensar que mi madre se me había adelantado a la hora de besarla.

Disfrutamos de una cena deliciosa, aunque nada extraordinaria, compuesta por cuatro platos, pero no resultó pesada ni nada por el estilo. Mis padres y Jamie mantuvieron una conversación de lo más «maravillosa» —hablo así en honor a la señorita Garber— y, aunque intenté intervenir con mi particular sentido del humor, no funcionó muy bien, por lo menos en lo que concierne a mis padres. Jamie, en cambio, sí que rio, y lo interpreté como una buena señal.

Tras la cena, la invité a dar un paseo por el jardín, a pesar de que era invierno y las flores no estaban en su esplendor. Después de ponernos los abrigos, salimos a la intemperie, bajo el inclemente aire gélido invernal. Cada vez que resoplábamos, podía ver el vaho que se escapaba por nuestras bocas y formaba pequeñas nubes.

—Tus padres son fantásticos —me dijo. Supongo que no se había tomado a pecho los sermones de Hegbert.

—Sí, lo son, a su manera —respondí—. Mi madre es una persona muy dulce.

Lo dije no solo porque era verdad, sino también porque era lo mismo que los niños opinaban de Jamie. Esperé que captara la alusión.

Jamie se detuvo para contemplar los rosales. Parecían unos bastones pelados y nudosos, y no comprendí qué era lo que podía llamarle tanto la atención.

—¿Es cierto lo que dicen de tu abuelo? —me preguntó—. Me refiero a las historias que cuentan sobre él.

Supongo que ella no había captado mi alusión.

—Sí —contesté, intentando no mostrar mi decepción.

—Qué pena —comentó ella simplemente—. En la vida hay cosas más importantes que el dinero.

—Lo sé.

Jamie me miró a la cara.

—¿De veras?

Evité mirarla a los ojos mientras contestaba. No me preguntes por qué.

—Sé que lo que hizo mi abuelo no estuvo bien.

—Pero tú no quieres devolver las tierras a sus propietarios originales, ¿no?

—Para serte sincero, nunca había pensado en esa posibilidad.

—¿Lo harías, sin embargo? —insistió ella.

No contesté de buenas a primeras, Jamie me dio la espalda y clavó la vista de nuevo en los rosales con sus bastones nudosos; de repente, me di cuenta de que ella quería que yo dijera que sí. Es lo que ella habría hecho sin pensarlo dos veces.

—¿Por qué lo haces? —se me escapó antes de poder controlar mi impulso, mientras una sensación de intenso calor se apoderaba de mis mejillas—. Me refiero a hacer que me sienta culpable. Yo no lo hice. Yo lo único que he hecho ha sido nacer en esta familia.

Jamie alargó el brazo y acarició una rama.

—Pero eso no significa que no puedas enmendar el error, si tienes la oportunidad de hacerlo —adujo ella en un tono conciliador.

Había dejado claro su punto de vista, clarísimo, y en el fondo sabía que Jamie tenía razón. Pero esa decisión, si es que alguna vez llegara a planteármela, quedaba de momento muy lejos. A mi modo de ver, tenía cosas más importantes en la cabeza. Cambié de tema y me decanté por una conversación que me resultara más cómoda.

—¿A tu padre le gusto? —pregunté. Quería saber si Hegbert me permitiría volver a verla.

Jamie necesitó un momento para contestar.

—Mi padre —dijo lentamente— está preocupado por mí.

—Como todos los padres, ¿no?

Ella bajó la vista hasta los pies, y de nuevo la desvió hacia los rosales antes de volver a mirarme.

121

—Creo que, con él, es algo diferente. Pero a mi padre le gustas, y sabe que verte me hace feliz. Por eso me ha dejado venir a comer a tu casa.

—Me alegro de que hayas venido —confesé.

—Yo también.

Nos miramos a los ojos bajo la luz de una encerada luna creciente, y estuve a punto de besarla allí mismo, pero ella se dio la vuelta un segundo antes de que yo me decidiera y soltó un comentario que me desconcertó.

—Mi padre también está preocupado por ti, Landon.

Por la forma en que lo dijo —en aquel tono suave y triste a la vez— comprendí que no se trataba simplemente de que Hegbert me tomara por un irresponsable, ni que le molestara que me ocultara detrás de los árboles y lo insultara, ni siquiera que fuera miembro de la familia Carter.

—¿Por qué? —quise saber.

—Por la misma razón por la que yo me preocupo —dijo enigmáticamente.

Jamie no añadió nada más, y en ese momento supe que

me ocultaba algo, algo que no podía contarme, algo que la entristecía de verdad. Pero no averigüé su secreto hasta más tarde.

Estar enamorado de una chica como Jamie Sullivan fue, sin lugar a dudas, la experiencia más extraña que jamás hubiera imaginado. No solo porque nunca antes me había fijado en ella —a pesar de que nos hubiéramos criado juntos—, sino también por cómo mis sentimientos por ella fueron creciendo; fue algo insólito. No era como estar con Angela, a la que besé en la primera ocasión en que me quedé a solas con ella. Todavía no había besado a Jamie. Ni siquiera la había abrazado ni la había llevado al bar Cecil o al cine. No había hecho ninguna de las cosas que normalmente hacía con otras chicas, pero estaba enamorado.

El problema era que todavía no sabía qué sentía ella por mí.

Sí, claro, había algunos indicios que no me habían pasado desapercibidos. La Biblia era, por supuesto, el más evidente, pero también la forma en que ella me miró cuando cerró la puerta del porche en Nochebuena, y que no hubiera retirado la mano en el coche, durante el trayecto desde el orfanato a su casa. A mi modo de ver, allí había algo; lo único que pasaba era que no estaba completamente seguro de cómo dar el siguiente paso.

Cuando al final la acompañé a su casa después de la comida de Navidad, le pregunté si le parecía bien que pasara a verla de vez en cuando, y ella contestó que sí, que le parecía bien. Así fue exactamente cómo lo dijo: «Me parece bien». No me tomé la falta de entusiasmo como algo personal; Jamie mostraba una tendencia a hablar como una persona adulta, y creo que por eso se llevaba tan bien con gente mayor que ella.

Al día siguiente, fui andando hasta su casa. El coche de Hegbert no estaba aparcado delante del garaje, así que cuando ella abrió la puerta, ya sabía que no podía pedirle si podía entrar.

—¡Hola, Landon! —me saludó con el mismo tono jovial de siempre, como si verme fuera una grata sorpresa. De nuevo llevaba el pelo suelto, y lo interpreté como una buena señal.

Ella señaló hacia las sillas.

—Mi padre no está en casa, pero podemos sentarnos en el porche, si quieres…

No me preguntes cómo sucedió, porque todavía no puedo explicarlo. Un segundo antes, me hallaba allí de pie, delante de ella, tranquilo y dispuesto a enfilar hacia un rincón del porche; sin embargo, mi siguiente reacción fue totalmente distinta: en vez de dirigirme hacia las sillas, di un paso hacia ella, le cogí la mano y miré a Jamie a los ojos, acortando un poco más la distancia entre nosotros. Ella no retrocedió, pero sus ojos se abrieron un poco más de lo normal y, por un instante fugaz, pensé que había cometido un error y no supe si seguir adelante. Me quedé quieto y sonreí, luego ladeé la cabeza hacia un lado. Entonces vi que ella había entornado los ojos y también estaba ladeando la cabeza, y que nuestras caras se acercaban cada vez más.

No fue un beso muy largo, y desde luego no fue uno de esos de película, pero fue maravilloso a su manera. Lo único que recuerdo es que, cuando nuestros labios se rozaron, tuve la certeza de que jamás olvidaría aquel instante.

123

Capítulo 11

—*E*res el primer chico al que beso —me confesó.

Faltaban pocos días para el año nuevo, y Jamie y yo estábamos paseando por el Iron Steamer Pier, uno de los muelles de Pine Knoll Shores. Para llegar hasta allí, habíamos tenido que cruzar el puente sobre el canal intracostero y conducir un buen rato para adentrarnos en la isla. En la actualidad, allí hay algunas de las casas más caras de todo el estado, en primera línea de mar, pero por entonces básicamente solo había dunas de arena enclavadas en el Bosque Marítimo Nacional.

—Ya me lo había imaginado —dije.

—¿Por qué? ¿Hice algo indebido? —preguntó inocentemente.

Jamie no parecía que fuera a tomárselo muy mal, si le decía que sí, pero eso tampoco habría sido verdad.

—Besas muy bien —afirmé al tiempo que le apretaba con cariño la mano.

Ella asintió y se giró hacia el océano, de nuevo con aquella mirada perdida; últimamente se quedaba así muy a menudo. La dejé en esa actitud ensimismada un rato, hasta que me puse tenso por el incómodo silencio.

—¿Estás bien? —le pregunté.

En lugar de contestar, ella cambió de tema.

—¿Alguna vez has estado enamorado?

Me pasé la mano por el pelo y la miré perplejo.

—¿Te refieres a antes de estar contigo?

Lo dije en el tono que habría usado James Dean, de la

forma que Eric me había dicho que hablara si una chica me hacía esa pregunta. Él era bastante ingenioso con las chicas.

—Hablo en serio, Landon —me reprendió, mirándome de soslayo.

Supongo que ella también había visto esas películas. Con Jamie me iba dando cuenta de que yo siempre parecía ir de lo más alto a lo más bajo, y de nuevo a lo más alto en menos de lo que uno tarda en aplastar un mosquito. Aún no estaba muy seguro de si me gustaba esa parte de nuestra relación, aunque, para ser sincero, eso me mantenía en estado de alerta constante. Siempre me invadía una sensación de desconcierto, cuando pensaba en sus preguntas.

—La verdad es que sí —afirmé.

Jamie seguía con la vista fija en el océano. Creo que pensaba que me estaba refiriendo a Angela, pero, al mirar atrás, me di cuenta de que lo que había sentido por Angela era totalmente diferente a lo que sentía por Jamie.

—¿Y cómo sabías que estabas enamorado de verdad? —se interesó.

126

Observé cómo la ligera brisa agitaba su pelo, y supe que no era el momento de hacerme pasar por lo que no era.

—Bueno —adopté un tono más serio—, sabes que es amor cuando solo quieres estar con esa persona, y cuando más o menos crees que la otra persona siente lo mismo por ti.

Jamie reflexionó sobre mi respuesta antes de sonreír levemente.

—Entiendo —apuntó con suavidad.

Esperé a que añadiera algo más, pero no lo hizo, y entonces me di cuenta de otra cosa: quizá Jamie no tuviera experiencia con los chicos, pero la verdad era que me llevaba por donde quería.

Durante los siguientes dos días, volvió a sujetarse el pelo en un moño.

En Nochevieja, la llevé a un pequeño restaurante junto al mar, en Morehead City. Era la primera vez que Jamie salía a cenar con un chico.

El Flauvin, así se llamaba el local, era uno de esos restaurantes con manteles, velas y cinco cubiertos de plata para cada comensal. Los camareros iban vestidos de blanco y negro, como mayordomos, y a través de los ventanales se podía ver la luz de la luna reflejada en el agua estática.

También había un pianista y una cantante, no todas las noches ni fines de semana, pero sí los días festivos, cuando consideraban que el local estaría lleno. Tuve que reservar mesa con antelación, y la primera vez que llamé me dijeron que estaba completo, pero le pedí a mi madre que volviera a llamar y, para mi sorpresa, de repente les quedaba una mesa libre. Supongo que el propietario necesitaba un favor de mi padre o algo así, o quizá no quería enojarlo, porque sabía que mi abuelo todavía estaba vivo y dando guerra.

De hecho, eso de llevar a Jamie a un lugar especial fue idea de mi madre. Un par de días antes, en una de esas ocasiones en que Jamie llevaba el pelo sujeto en un moño, hablé con mi madre sobre mi relación con Jamie.

—No puedo pensar en nada más que en ella, mamá —le confesé—. Sé que le gusto, pero no sé si siente por mí lo mismo que yo siento por ella.

—¿De verdad te importa tanto esa chica? —me preguntó mi madre.

—Sí —respondí con plena certeza.

—Perfecto. ¿Qué has hecho por ella, de momento?

—¿A qué te refieres?

Mi madre sonrió.

—Me refiero a que, a toda chica, incluida Jamie, le gusta que la hagan sentirse especial.

Reflexioné un momento, un poco confundido. ¿No era eso precisamente lo que estaba intentando hacer?

—Bueno, todos los días voy a verla a su casa —razoné.

Mi madre me puso una mano en la rodilla. A pesar de que no fuera una excelente ama de casa, lo que a veces me afectaba de forma directa, tal y como ya he contado antes, realmente era una mujer encantadora.

—Eso de ir a su casa está muy bien, cielo, pero no es la cosa más romántica del mundo. Deberías hacer algo para demostrarle lo que de verdad sientes por ella.

Mi madre sugirió que le comprara un perfume, y a pesar de que sabía que probablemente Jamie lo aceptaría encan-

127

tada, no me parecía el regalo más adecuado. Dado que Hegbert no le permitía usar maquillaje —con la única excepción de la función navideña—, estaba seguro de que tampoco podría usar perfume. Se lo comenté a mi madre, y fue entonces cuando ella me sugirió que la llevara a cenar a un restaurante.

—No me queda dinero —confesé incómodo.

A pesar de que mi familia era rica y que yo tenía asignada una paga semanal, no me daban más si me gastaba el dinero alegremente. «Así te volverás más responsable», solía alegar mi padre, y con esa frase no hacían falta más palabras.

—¿Qué ha pasado con el dinero que tenías en el banco?

Suspiré, y mi madre se sentó en silencio mientras yo le contaba lo que había hecho. Cuando terminé, su cara reflejaba satisfacción, como si ella también se diera cuenta de que por fin estaba madurando.

—Ya me ocuparé yo de esa cuestión —me alentó con dulzura—. Tú solo encárgate de averiguar si a ella le gustaría salir a cenar contigo y de si el reverendo Sullivan le dará permiso. Si Jamie puede, hallaremos la forma de que disfrutéis de una cena romántica. Te lo prometo.

Al día siguiente, fui a la iglesia. Sabía que Hegbert estaría en su despacho. Aún no le había pedido a Jamie si quería salir a cenar conmigo porque suponía que necesitaría el permiso de su padre y, por alguna razón inexplicable, quería ser yo quien se lo pidiera al reverendo. Supongo que se debía a que Hegbert nunca me recibía con los brazos abiertos. Tan pronto como enfilaba la cuesta de su calle —al igual que Jamie, su padre parecía tener un sexto sentido para detectar mis movimientos—, él asomaba con discreción la cabeza a través de las cortinas, y luego se apartaba rápidamente de la ventana, para que yo no lo viera. Cuando llamaba al timbre, Hegbert se tomaba su tiempo antes de abrir, como si estuviera en la otra punta de la casa; acto seguido, me miraba fijamente durante un largo momento; luego suspiraba hondo y sacudía la cabeza antes de decir «hola».

La puerta de su despacho estaba entreabierta, y lo vi sentado detrás de la mesa, con los anteojos encajados en el puente de la nariz. Estaba examinando unos papeles —tenían aspecto de ser facturas— y pensé que probablemente estaba intentando planificar el presupuesto de la iglesia para el próximo año. ¡Incluso los reverendos pagaban facturas!

Llamé a la puerta, y él alzó la vista con atención, como si esperara a otro miembro de la congregación. Cuando vio que era yo, frunció el ceño.

—Hola, reverendo Sullivan —saludé con educación—. ¿Tiene un momento?

Hegbert ofrecía un aspecto más cansado que de costumbre, y supuse que debía encontrarse un poco indispuesto.

—Hola, Landon —me saludó en un tono fatigado.

Me había vestido formalmente para la ocasión, con americana y corbata.

—¿Puedo entrar?

Él asintió levemente con la cabeza, y yo entré en el despacho. Señaló hacia una silla, para que me sentara al otro lado de la mesa.

—¿Qué puedo hacer por ti? —me preguntó.

Me acomodé en la silla con visible nerviosismo.

—Verá, señor, quería pedirle una cosa.

Él me miraba fijamente, escrutando mi cara.

—¿Tiene que ver con Jamie?

Inspiré hondo antes de contestar.

—Sí, señor. Quería pedirle si puedo invitarla a cenar a un restaurante en Nochevieja.

Hegbert suspiró.

—¿Eso es todo? —me preguntó.

—Sí, señor. La llevaré de vuelta a casa a la hora que usted me diga.

Él se quitó los anteojos y los limpió con el pañuelo antes de volver a encajarlos en el puente de la nariz. Podía ver que se estaba tomando su tiempo para considerar mi petición.

—¿Tus padres irán con vosotros? —me interrogó.

—No, señor.

—Entonces no creo que eso sea posible, pero gracias por pedir mi permiso primero.

Bajó la vista hasta los papeles, dejando claro que la entrevista había terminado. Me puse de pie y empecé a caminar hacia la puerta. Cuando estaba a punto de atravesar el umbral, sin embargo, me di la vuelta y lo miré de nuevo.

—¿Reverendo Sullivan?

Él alzó la vista, sorprendido de que todavía no hubiera abandonado el despacho.

—Siento mucho las trastadas que solía hacer cuando era más joven, y siento mucho que no siempre tratara a Jamie con el debido respeto. Pero, a partir de ahora, las cosas cambiarán; se lo prometo.

Hegbert escrutó nuevamente mi rostro. Por lo visto, mi declaración no le parecía suficiente.

—La quiero —admití al final y, cuando lo dije, él volvió a centrar su atención en mí.

—Lo sé —respondió con tristeza—, pero no quiero que ella sufra.

A pesar de que luego pensé que me lo había imaginado, me pareció ver que se le humedecían los ojos.

—No le haré ninguna jugarreta, se lo aseguro —aseveré.

Hegbert desvió la vista y la clavó en la ventana, contemplando cómo el sol invernal intentaba abrirse paso entre las nubes. Era un riguroso día de invierno, de esos grises y fríos.

—Quiero que Jamie esté en casa a las diez —refunfuñó finalmente, como si sospechara que había tomado la decisión incorrecta.

Sonreí y quise darle las gracias, pero no lo hice. Era evidente que él quería estar solo. Cuando eché un vistazo por encima del hombro, antes de atravesar el umbral, me quedé turbado al ver que el reverendo ocultaba la cara entre sus manos.

Se lo pedí a Jamie una hora más tarde. Lo primero que dijo fue que no creía que pudiera ir, pero entonces mencioné que ya había hablado con su padre. Ella parecía sorprendida, y creo que, a partir de ese momento, mi osadía ejerció un efecto positivo sobre su forma de verme. Lo único que no le dije fue que me había parecido que Hegbert se había quedado llorando en el despacho, no solo porque no comprendía exactamente qué había sucedido, sino porque no quería preocuparla.

Aquella noche, sin embargo, después de volver a hablar con mi madre, ella me ofreció una posible explicación y, para ser sincero, me pareció totalmente plausible. Hegbert debía de darse cuenta de que su hija se estaba haciendo mayor y que empezaba a perderla. En cierto sentido, esperaba que fuera eso.

La recogí a la hora convenida. Aunque no le había pedido que llevara el pelo suelto, Jamie lo había hecho por mí.

Conduje en silencio. Atravesamos el puente, llegamos al paseo marítimo y aparcamos frente al restaurante. Ya en el mostrador de recepción, apareció el dueño en persona y nos guio hasta nuestra mesa. Era una de las mejores del local.

El restaurante estaba lleno, y la gente a nuestro alrededor parecía pasárselo de maravilla. Dado que era Nochevieja, todos vestían con trajes elegantes, y nosotros éramos los dos únicos adolescentes en el local. Sin embargo, no me pareció que estuviéramos fuera de lugar.

Jamie no había estado nunca en el Flauvin, y dedicó unos minutos a impregnarse del ambiente. Parecía nerviosamente feliz, y desde el primer momento supe que mi madre había acertado con su sugerencia.

—Es maravilloso —me dijo—. Gracias por invitarme.

—Es un placer —contesté con sinceridad.

—¿Has estado antes aquí?

—Varias veces. A mi madre y a mi padre les gusta venir de vez en cuando, cuando mi padre llega de Washington.

Jamie echó un vistazo por el ventanal y se fijó en una barca que navegaba despacio frente al restaurante, con las luces resplandecientes. Por un momento, pareció perdida en su propio asombro.

—Qué lugar más encantador —comentó.

—Tú también eres encantadora —añadí.

Jamie se ruborizó.

—No es cierto.

—Sí que lo es —repliqué tranquilamente.

131

Permanecimos con las manos entrelazadas mientras esperábamos a que nos sirvieran la cena, y charlamos sobre algunas de las cosas que habían pasado en los últimos meses. Ella rio cuando recordamos el baile de inauguración del curso, y finalmente admití el motivo por el que le había pedido que me acompañara.

A ella le hizo mucha gracia —rio con ganas—, y supe que ya antes lo había deducido por sí sola.

—¿Me invitarías de nuevo? —bromeó.

—Por supuesto.

La cena estaba deliciosa. Los dos pedimos lubina y ensalada; cuando el camarero retiró los platos, empezó a sonar la música. Todavía quedaba una hora antes de que tuviera que llevarla de vuelta a su casa, así que le ofrecí la mano.

Al principio éramos la única pareja en la pista; todos nos miraban, mientras girábamos al son de la música. Creo que sabían lo que sentíamos el uno por el otro, y seguro que nuestra imagen les evocaba momentos similares vividos en su juventud. Podía verlos sonreír con nostalgia. Las luces eran tenues. Cuando la cantante entonó una lenta melodía, estreché a Jamie entre mis brazos y entorné los ojos, preguntándome si en mi vida había existido antes un momento tan perfecto, y sabía que no.

Estaba enamorado, y el sentimiento era incluso más maravilloso de lo que jamás podría haber imaginado.

Después de Nochevieja, pasamos la siguiente semana y media juntos, haciendo las típicas cosas que las parejas jóvenes solían hacer por entonces, a pesar de que de vez en cuando Jamie parecía cansada o indiferente. Pasábamos mucho rato junto a la orilla del río Neuse, lanzando piedras al agua o contemplando las ondas que se formaban en la superficie mientras departíamos animadamente. También íbamos a pasear por la playa, cerca de Fort Macon. Aunque era invierno, el océano, con su color plomizo, ofrecía un espectáculo digno de admirar. Después de una hora, más o menos, ella me pedía que la llevara a casa, y ya en el coche, nos cogíamos de la mano. A veces, se quedaba dormida antes de que llegáramos a su casa; en otras ocasiones, en cambio, se pasaba todo el trayecto hablando, sin darme la oportunidad de intervenir con algún que otro comentario.

Por supuesto, pasar el rato con Jamie también significaba hacer las cosas que a ella le gustaban. A pesar de que yo no asistía a la clase de Estudios Bíblicos —no quería quedar como un idiota delante de ella—, visitamos el orfanato en dos ocasiones más, y en cada ocasión me sentí como en casa. La segunda vez, sin embargo, tuvimos que marcharnos antes porque Jamie tenía un poco de fiebre. Incluso para mis ojos inexpertos, era evidente que tenía la cara roja y sofocada.

Volvimos a besarnos, también, aunque no todas las veces que estábamos juntos, y yo ni siquiera pensé en intentar establecerlo como un hábito. No había necesidad de hacerlo. Besarla se me antojaba como un acto tan… agradable…, con una candidez correcta, y con eso me bastaba. Cuanto más la besaba, más cuenta me daba de que Jamie había sido una incomprendida toda su vida; y no solo era yo el que la había incomprendido, sino todo el mundo.

Jamie no era solo la hija del reverendo, una chica que leía la Biblia y siempre intentaba ayudar al prójimo. También era una joven de diecisiete años con las mismas esperanzas y dudas que yo. Por lo menos, eso fue lo que pensé, hasta que finalmente me contó su secreto.

Nunca olvidaré aquel día, por lo callada que había estado. Durante todo el rato tuve la extraña impresión de que a Jamie le rondaba algo importante por la cabeza.

Acabábamos de salir del bar Cecil y nos dirigíamos hacia su casa; era el sábado antes de que empezaran de nuevo las clases, un día tempestuoso en que soplaba un viento fiero y cortante. Estábamos bajo los efectos de una borrasca desde la mañana anterior y, mientras caminábamos, teníamos que mantenernos pegados el uno al otro para mantener el calor. Jamie iba colgada de mi brazo, y andábamos despacio, incluso más despacio que de costumbre. Me di cuenta de que, de nuevo, no se encontraba bien. La verdad es que ella no

133

quería ir al bar a causa del temporal, pero yo había insistido por mis amigos. Recuerdo que pensé que ya iba siendo hora de que se enteraran de lo nuestro. Sin embargo, el único problema fue que no había nadie en el bar Cecil. Al igual que en muchos pueblos costeros, a mitad de invierno, la actividad social se reducía considerablemente en el paseo marítimo.

Jamie seguía callada mientras caminábamos. Supe que estaba pensando en cómo contarme algo. No esperaba que iniciara la conversación tal y como lo hizo.

—La gente cree que soy rara, ¿verdad? —dijo finalmente, rompiendo el silencio.

—¿A quién te refieres? —pregunté, aunque sabía la respuesta.

—La gente del instituto.

—No es cierto —mentí.

La besé en la mejilla al tiempo que le apretaba cariñosamente el brazo. Ella esbozó una mueca de dolor, y yo pensé que quizá le había hecho daño sin querer.

—¿Estás bien? —le pregunté, preocupado.

—Sí —respondió. Recuperó rápidamente la compostura y retomó la conversación—. ¿Puedo pedirte un favor?

—Lo que quieras —contesté.

—¿Me prometes que a partir de ahora me dirás siempre la verdad? ¿O sea, siempre, y no solo a veces?

—De acuerdo —asentí.

Jamie se detuvo en seco y me miró directamente a los ojos.

—¿Me estás mintiendo, ahora?

—No —repliqué a la defensiva, preguntándome adónde quería llegar—. Te prometo que, a partir de ahora, siempre te diré la verdad.

Justo después de haberle hecho la promesa, supe que no tardaría en arrepentirme.

Reanudamos la marcha. Mientras descendíamos por la calle, miré su mano, entrelazada con la mía, y vi un gran morado justo debajo del dedo anular. Yo no tenía ni idea de cómo se lo había hecho, pero estaba seguro de que el día anterior no lo tenía. Por un segundo, pensé que quizá se lo había hecho yo, pero entonces recordé que no le había apretado la mano en ningún momento.

—La gente cree que soy rara, ¿verdad? —repitió.

Con mi espiración se escapaban pequeñas nubes de vapor.

—Sí —contesté al final. Me dolió mucho reconocerlo.

—¿Por qué? —Parecía un poco abatida.

Recapacité unos instantes.

—Ah, por diferentes motivos, supongo —dije sin precisar, intentando no ahondar en la cuestión.

—Pero ¿por qué exactamente? ¿Es por mi padre? ¿O es porque intento ser amable con todo el mundo?

Yo no quería seguir hablando del tema; me sentía incómodo. Lo único que se me ocurrió fue:

—Supongo.

Jamie parecía desanimada. Caminamos unos metros más en silencio.

—¿Tú también crees que soy rara? —me preguntó.

Por la forma en que lo dijo, me dolió más de lo que habría podido imaginar. Ya casi habíamos llegado a su casa, pero me detuve y la estreché entre mis brazos. La besé. Cuando nos separamos, ella clavó la vista en el suelo.

Puse un dedo bajo su barbilla para obligarla a alzar la cabeza y mirarme de nuevo a los ojos.

—Eres una persona maravillosa, Jamie; eres guapa, bondadosa, cariñosa…, eres todo lo que a mí me gustaría ser. Si no le gustas a la gente, o si creen que eres rara, entonces ese es su problema, no el tuyo.

Bajo aquella tamizada luz gris de un frío día de invierno, vi que le empezaba a temblar el labio inferior. Mi labio también lo imitó y, de repente, me di cuenta de que se me estaba acelerando el pulso. La miré a los ojos, sonriendo con todo el amor que fui capaz de expresar, consciente de que no podría contener las palabras en mi boca por mucho tiempo.

—Te quiero, Jamie —declaré—. Eres lo mejor que me ha pasado en la vida.

Era la primera vez que decía esas palabras a una chica. Siempre había creído que me resultaría muy difícil hacerlo, pero no fue así. Nunca había estado más seguro de nada en toda mi vida.

135

Tan pronto como pronuncié las palabras, sin embargo, ella bajó la cabeza y rompió a llorar, con el cuerpo apoyado contra el mío. La rodeé con mis brazos, preguntándome qué le pasaba. Jamie era tan delgada que, por primera vez me di cuenta, con ambos brazos podía rodear su cuerpo sin problemas. Había perdido peso, incluso en la última semana y media, y entonces recordé que apenas había probado bocado en el bar.

Jamie siguió llorando contra mi pecho durante lo que me pareció una eternidad. Yo no sabía qué pensar, ni siquiera si ella sentía lo mismo que yo. Aun así, no me arrepentía de haberle expresado mis sentimientos. La verdad es siempre la verdad, y le acababa de prometer que no volvería a mentirle.

—Por favor, no digas eso —me dijo—. Por favor…

—¡Pero es cierto! —le aseguré, pensando que no me creía.

Ella lloró más.

—Lo siento —susurró entre unos desgarradores sollozos—. Lo… siento mucho…

136

De repente, se me secó la garganta.

—¿Por qué lo sientes? —le pregunté, desesperado por comprender qué era lo que tanto la angustiaba—. ¿Es por mis amigos y por lo que dirán? ¡Ya no me importa, de verdad, no me importa!

Estaba buscando frenéticamente el motivo de su desasosiego, confundido y…, sí, asustado.

Jamie necesitó unos minutos para calmarse y dejar de llorar. Al final, alzó la vista y me miró a los ojos. Me besó con suavidad, apenas rozándome los labios; luego deslizó un dedo por mi mejilla.

—No puedes estar enamorado de mí, Landon —se lamentó, con los ojos rojos e hinchados—. Podemos ser amigos, si quieres; podemos seguir viéndonos…, pero no puedes amarme.

—¿Por qué no? —exclamé, sin comprender nada.

—Porque estoy muy enferma —dijo al fin, con una gran serenidad.

El concepto era tan ajeno para mí que no alcancé a comprender lo que intentaba decirme.

—¿Y qué? Harás reposo unos días y...

Una triste sonrisa afloró en sus labios. Entonces comprendí lo que intentaba decirme. Sus ojos no se apartaban de los míos. Al final pronunció unas palabras que empañaron mi alma:

—Me estoy muriendo, Landon.

Capítulo 12

*T*enía leucemia. Lo sabía desde el verano.

Cuando me lo dijo, me quedé blanco. Un puñado de imágenes atravesó mi mente a gran velocidad. Fue como si, en ese breve instante, el tiempo se hubiera detenido de repente, y comprendí todo lo que había pasado entre nosotros. Entendí por qué ella me había pedido que aceptara el papel de Thornton en la obra de teatro; comprendí por qué, después de que acabáramos la función, Hegbert le había susurrado al oído, con lágrimas en los ojos, que ella era su ángel; comprendí por qué Hegbert tenía un aspecto tan cansado últimamente, y por qué parecía incómodo con la idea de que yo pasara todos los días por su casa a ver a Jamie. De repente, todas las piezas encajaban en el rompecabezas.

Por qué ella quería que aquella Navidad fuera especial en el orfanato…

Por qué no creía que pudiera ir a la universidad…

Por qué me había regalado la Biblia…

Todo tenía sentido y, al mismo tiempo, nada parecía tener sentido.

Jamie Sullivan tenía leucemia…

Jamie, la dulce Jamie, se estaba muriendo…

Mi Jamie…

—No, no —susurré consternado—, seguro que se trata de un error…

Pero no había ningún error. Cuando volvió a decírmelo, perdí el mundo de vista. Noté que la cabeza empezaba a darme vueltas y me aferré a Jamie con fuerza para no perder el equilibrio.

En la calle vi a un hombre y una mujer, que caminaban hacia nosotros, con las cabezas gachas y las manos en los sombreros para evitar que salieran volando con el vendaval. Un perro atravesó la calle trotando y se detuvo a olisquear unos arbustos. En la otra acera había un hombre encaramado a una escalera de mano, retirando las luces de Navidad de la fachada. Escenas normales de la vida diaria, acciones en las que no me había fijado hasta entonces, de repente me enfurecían. Cerré los ojos, deseando poder despertar de aquella espantosa pesadilla.

—Lo siento, Landon —seguía repitiendo ella, una y otra vez.

Sin embargo, era yo quien debería pedirle perdón. Ahora lo sé, pero mi confusión me mantenía paralizado, incapaz de articular ni una sola palabra.

Sabía que no se trataba de una pesadilla. Volví a abrazarla, sin saber qué otra cosa podía hacer, mientras las lágrimas rodaban por mis ojos, intentando sin éxito comportarme como la roca firme que creo que ella necesitaba.

140

Lloramos juntos en medio de la calle durante un buen rato, a escasos metros de su casa. Volvimos a llorar cuando Hegbert abrió la puerta y vio nuestras caras, y al instante comprendió que yo sabía su secreto. Lloramos cuando mi madre nos estrechó contra su pecho y se puso a hipar desconsoladamente con tanta fuerza que tanto la criada como la cocinera quisieron llamar al médico porque pensaron que a mi padre le había ocurrido algo grave. El domingo, Hegbert anunció la noticia a la congregación. Su cara era una máscara de pura angustia y miedo, y tuvieron que ayudarlo a sentarse en su silla incluso antes de que acabara de hablar.

Toda la congregación se quedó muda de incredulidad ante la terrible noticia, como a la espera de que alguien soltara algún comentario jocoso acerca de aquella inverosímil broma de mal gusto. Entonces, de repente, empezaron los lamentos.

Nos sentamos con Hegbert el día que Jamie me lo contó, y ella contestó pacientemente a todas mis preguntas. No sabía cuánto tiempo le quedaba de vida, me dijo. No, no había nada que los médicos pudieran hacer. Era una rara forma de la enfermedad, le habían dicho, una que no respondía a los tratamientos disponibles. Sí, cuando había empezado el año escolar, se encontraba bien. No había sido hasta las últimas semanas que había empezado a notar los efectos.

—Así es como progresa —me explicó—, te sientes bien, y entonces, cuando tu cuerpo ya no puede seguir luchando, empiezas a acusar el dolor y el cansancio.

Conteniendo mis lágrimas, no pude evitar pensar en la obra de teatro.

—Pero todos los ensayos para la función…, esos días tan largos…, quizá no deberías haber…

—Quizá —me interrumpió ella. Me estrechó cariñosamente la mano antes de proseguir—. Pero la función ha sido lo que me ha mantenido llena de energía durante todo este tiempo.

Me dijo que habían pasado siete meses desde que le habían diagnosticado la enfermedad. Los médicos le habían dado un año, quizá menos.

Hoy en día todo habría sido diferente. Hoy en día, Jamie podría haber seguido un tratamiento. Hoy en día, Jamie probablemente viviría. Pero la historia que te estoy contando sucedió hace cuarenta años, y yo sabía lo que significaba.

Solo un milagro podía salvarla.

«¿Por qué no me lo habías dicho?»

Esa fue la única pregunta que no formulé, la única pregunta que no podía apartar de mi mente. Aquella noche no pegué ojo y, a la mañana siguiente, aún tenía los ojos hinchados. Había pasado de la conmoción a la negación, luego a la tristeza, después a la rabia, y de nuevo al mismo estado inicial de conmoción, durante toda la noche, deseando que no fuera verdad y rezando, rezando para que solo se tratara de una horrible pesadilla de la que pudiera despertar.

Al día siguiente, estábamos en el comedor de su casa, el día que Hegbert lo anunció a la congregación. Era el 10 de enero de 1959.

Jamie no parecía tan deprimida como pensé que la encontraría. Pero, claro, llevaba siete meses conviviendo con aquella realidad. Ella y Hegbert habían sido los únicos que lo sabían, y ninguno de los dos había confiado ni siquiera en mí. Me sentía dolido y asustado al mismo tiempo.

—He tomado una decisión —me dijo Jamie—. Creo que será mejor que no se lo cuente a nadie más, y le he pedido a mi padre que haga lo mismo. Ya has visto cómo ha reaccionado la gente hoy en la iglesia. Nadie se atrevía a mirarme a los ojos. Si solo te quedaran unos pocos meses de vida, seguro que eso no sería lo que querrías, ¿verdad?

Sabía que tenía razón; aun así, su decisión no allanaba el camino. Por primera vez en la vida, me sentía profundamente consternado y perdido.

Hasta entonces, no había experimentado la muerte de nadie cercano a mí, al menos, nadie que recordara. Mi abuela había muerto cuando yo tenía tres años, pero no guardaba ningún recuerdo de ella, ni tan solo de su funeral. Había oído historias sobre ella, por supuesto, tanto por parte de mi padre como de mi abuelo, pero para mí solo se trataba de eso, de historias que igualmente podría haber leído en un periódico sobre una mujer a la que nunca llegué a conocer. Aunque mi padre me llevaba con él al cementerio para depositar flores sobre su tumba, nunca albergué ningún sentimiento por mi abuela. Solo sentía pena por las personas que ella había dejado atrás.

Nadie en mi familia ni en mi círculo de amigos había tenido que enfrentarse a una situación similar. Jamie solo tenía diecisiete años, pero se estaba muriendo, aunque, al mismo tiempo, estaba llena de vida. Yo tenía miedo, mucho más miedo del que jamás había experimentado hasta entonces, no solo por ella, sino también por mí. Vivía con temor a cometer un error, a hacer o decir algo que pudiera ofenderla. ¿Era correcto que me enojara en su presencia? ¿Era correcto conversar del futuro con ella? A causa del miedo, me resultaba extremadamente difícil hablar con Jamie, aunque se mostraba más que paciente conmigo.

A causa del miedo, me di cuenta de otra cosa, algo que

aún empeoraba más la situación: no había conocido a Jamie, a la verdadera Jamie, antes de que estuviera enferma. Había empezado a pasar horas con ella solo unos pocos meses antes, y solo hacía dieciocho días que me había enamorado. Esos dieciocho días se me antojaban como mi vida entera, pero, en esos momentos, cuando la miraba, lo único que podía hacer era preguntarme cuántos días más nos quedaban para estar juntos.

El lunes Jamie no fue al instituto y, por algún motivo, supe que ya no volvería a recorrer esos pasillos nunca más. Ya nunca la vería leyendo la Biblia sola a la hora de comer, nunca vería su cárdigan marrón abriéndose paso entre la multitud mientras se dirigía a su siguiente clase. Jamie ya no volvería a estudiar más; nunca recibiría su diploma.

Aquel primer día de vuelta al instituto, no pude concentrarme en nada mientras permanecía sentado en clase, escuchando cómo un profesor tras otro nos anunciaba lo que ya era de dominio público. Las reacciones fueron similares a las del domingo en la iglesia: las chicas lloraban, los chicos bajaban la cabeza, todos contaban historias sobre ella, como si Jamie ya hubiera muerto.

143

«¿Qué podemos hacer?», se preguntaban en voz alta, y me miraban, en busca de respuestas. A mí lo único que se me ocurría era contestar con un: «No lo sé».

Salí del instituto antes de que acabaran las clases —me salté todas las asignaturas de la tarde— y fui directamente a su casa.

Cuando llamé a la puerta, Jamie abrió y se comportó con la misma disposición alegre de siempre, como si, al parecer, no le importara nada en el mundo.

—¡Landon! —me saludó—. ¡Qué sorpresa!

Se inclinó para besarme, y yo le devolví el beso, a pesar de que la situación me provocaba unas enormes ganas de llorar.

—Mi padre no está en casa, pero, si quieres, podemos sentarnos en el porche.

—¿Cómo puedes hacerlo? —le pregunté súbitamente—. ¿Cómo puedes fingir que no pasa nada?

—No finjo que no pasa nada, Landon. Deja que vaya a

buscar el abrigo para que podamos sentarnos un rato aquí fuera y charlar, ¿de acuerdo?

Me sonrió, a la espera de mi respuesta. Asentí, con los labios prietos. Se inclinó hacia mí y me dio una palmadita en el brazo.

—Enseguida vuelvo —dijo.

Enfilé hacia la silla y me senté. Jamie salió un momento más tarde. Llevaba un abrigo grueso y un sombrero para resguardarse del frío. La borrasca había pasado; el tiempo no era tan gélido como el fin de semana previo. Sin embargo, para ella resultaba excesivamente crudo.

—Hoy no has ido al instituto —comenté.

Ella bajó la vista y asintió.

—Ya.

—¿Mañana irás a clase?

A pesar de que ya sabía la respuesta, necesitaba escucharla de sus labios.

—Landon, no volveré al instituto —respondió despacio.

—¿Por qué? ¿Acaso te encuentras peor? —empecé a hipar, y ella alargó el brazo y me estrechó la mano.

—No, la verdad es que hoy me encuentro bastante bien; lo que pasa es que quiero estar en casa por las mañanas, antes de que mi padre se marche al despacho. Quiero pasar tanto tiempo como pueda con él.

«Antes de morir», quería decir, aunque no lo dijo. A mí me invadió un pesado sentimiento de angustia y no pude contestar.

—Cuando los médicos nos lo comunicaron —prosiguió Jamie—, me aconsejaron que intentara llevar una vida normal durante tanto tiempo como fuera posible. Me aseguraron que eso me ayudaría a mantenerme fuerte y con energía.

—No hay nada normal en esta situación —argumenté con amargura.

—Lo sé.

—¿No tienes miedo?

Esperaba que Jamie dijera que no, que dijera algo sabio como haría un adulto, o que alegara que no siempre podíamos comprender los designios del Señor.

Apartó la vista.

—Sí —admitió finalmente—, claro que tengo miedo.

—Entonces, ¿por qué no lo demuestras?

—Sí que lo hago, cuando estoy sola.

—¿No confías en mí?

—No, no es eso —me corrigió—, pero sé que tú también tienes miedo.

Empecé a rezar para que se obrara un milagro.

En teoría, los milagros suceden, a veces. Había leído algunos casos en la prensa: personas que recuperaban la movilidad de las piernas después de que les hubieran asegurado que nunca más volverían a andar, o gente que sobrevivía a un terrible accidente cuando ya no quedaban esperanzas. De vez en cuando, un predicador itinerante instalaba una tienda de lona en las afueras de Beaufort, y mucha gente del pueblo se desplazaba hasta allí para ver cómo curaba a los enfermos. Yo había ido un par de veces y, aunque pensaba que la mayoría de esas curaciones no eran más que un ingenioso espectáculo de magia, porque casi nunca reconocía a ninguna de las personas que se curaban, a veces había ciertas cosas que ni yo mismo podía explicarme.

El viejo Sweeney, el panadero del pueblo, había estado en la Gran Guerra, luchando con una unidad de artillería detrás de las trincheras y, tras tantos meses bombardeando al enemigo, se había quedado sordo de un oído. No fingía, la verdad es que el pobre estaba totalmente sordo, y los chicos nos aprovechábamos de ello para robarle algún que otro pastelito de canela. Pero el predicador empezó a rezar con fervor y luego depositó la mano en la parte lateral de la cabeza de Sweeney. Este lanzó un grito agudo, tan potente que la gente dio un respingo en las sillas. Su cara se ensombreció con una mueca de horror, como si el predicador le acabara de atizar con un hierro candente, pero, entonces, sacudió la cabeza lentamente, miró a su alrededor y soltó: «Puedo oír de nuevo», aunque ni siquiera él se lo creía.

—¡El Señor puede obrar milagros! —exclamó el predicador mientras Sweeney regresaba a su silla—. ¡Sí, milagros! ¡El Señor escucha nuestras plegarias!

145

Así que aquella noche, abrí la Biblia que Jamie me había regalado en Navidad y empecé a leer. Había oído recitar partes en la iglesia y en clase, pero, con toda franqueza, solo recordaba los enunciados: el Señor enviando las siete plagas para que los israelitas pudieran abandonar Egipto; Jonás, engullido por una ballena; Jesús caminando sobre las aguas o despertando a Lázaro de entre los muertos. También recordaba otras cosas importantes referentes a la Biblia. Sabía que en muchos de sus capítulos aparecía el Señor haciendo algo espectacular, pero no los había leído todos. Como cristianos, nos centrábamos en el Nuevo Testamento; desconocía los hechos narrados en el Antiguo Testamento, como en los libros de Josué, Ruth o Joel.

La primera noche leí el Génesis; la segunda, el Éxodo; la tercera, el Levítico, seguido por los Números y el Deuteronomio. En algunos momentos, avanzaba un poco despacio, especialmente cuando explicaban las leyes; sin embargo, no podía parar de leer. Era un acto compulsivo que no alcanzaba a comprender.

146

Una noche, ya era muy tarde y estaba cansado, llegué a los salmos: supe que eso era lo que buscaba. Todo el mundo ha oído el Salmo de David que empieza: «El señor es mi pastor, nada me falta», pero yo quería leerlos todos, porque se suponía que ninguno era más importante que los demás. Al cabo de una hora, llegué a unos versículos subrayados y supuse que Jamie los había marcado porque significaban algo para ella. El texto decía así:

Señor, tú eres mi roca, a ti te pido ayuda: no te desentiendas de mí; porque no sea yo, dejándome tú, semejante a los que descienden al sepulcro. Escucha la voz de mis ruegos cuando te clamo a ti, cuando alzo mis manos hacia el templo de tu santidad.

Cerré la Biblia con lágrimas en los ojos, incapaz de terminar el salmo.

No sé por qué, pero estuve seguro de que Jamie lo había subrayado expresamente para mí.

Y

—No sé qué hacer —balbuceé abatido, con la vista fija en la tenue luz de la lámpara de mi habitación.

Mi madre y yo estábamos sentados en mi cama. El mes de enero tocaba a su fin, el mes más duro de toda mi vida, y sabía que en febrero la situación no haría más que empeorar.

—Sé que te resulta muy duro —murmuró ella—, pero no hay nada que puedas hacer.

—No me refiero a que Jamie esté enferma; ya sé que no hay nada que pueda hacer. Me refiero a Jamie y a mí.

Mi madre me miró con ternura. Estaba preocupada por Jamie, pero también lo estaba por mí.

—Me cuesta mucho hablar con ella. Cuando la miro, pienso en el día en que ya no podré verla, así que en el instituto me paso el rato pensando en ella. Deseo estar a su lado, pero, cuando voy a su casa, no sé qué decir.

—No sé si hay algo que puedas decir para ayudarla a que se sienta mejor.

—Entonces, ¿qué debo hacer?

Mi madre me miró con tristeza, me rodeó por el hombro con un brazo y murmuró:

—La quieres mucho, ¿verdad?

—Con todo mi corazón.

Su cara reflejaba tanta tristeza como jamás había visto.

—¿Qué es lo que te dicta tu corazón?

—No lo sé.

—Puede que te estés esforzando excesivamente por escucharlo —indicó con dulzura.

147

Al día siguiente, me sentía un poco mejor al lado de Jamie, aunque no mucho. Antes de llegar a su casa, me dije a mí mismo que no diría nada que pudiera desanimarla, que intentaría hablarle tal y como lo hacía antes, con naturalidad.

Me senté en el sofá y le conté anécdotas sobre mis amigos; la puse al día acerca de los últimos éxitos del equipo de baloncesto; le dije que todavía no tenía noticias de la Universidad de Carolina del Norte, pero que esperaba saber algo en las próximas semanas; le conté cosas sobre mis ganas de graduarme del instituto. Le hablé como si ella fuera a ir al instituto a la semana siguiente, y sé que, mientras hablaba, mi nerviosismo debía ser más que evidente. Jamie sonreía y asentía con la cabeza en los momentos apropiados, formulando preguntas de tanto en tanto; finalmente, cuando me callé, creo que ambos sabíamos que era la última vez que intentaría recurrir a esa táctica. A ninguno de los dos nos pareció adecuada.

Mi corazón me decía exactamente lo mismo.

Volví a sumergirme en la Biblia, con la esperanza de que me sirviera de guía.

—¿Qué tal estás? —le pregunté al cabo de unos días.

Por entonces, Jamie había perdido más peso. Su piel empezaba a adoptar un ligero color cetrino, y los huesos en sus manos comenzaban a marcarse de una forma exagerada a través de su piel. De nuevo vi moratones. Estábamos dentro de su casa, en el comedor; fuera, el frío era demasiado intenso para Jamie.

A pesar de ello, todavía estaba guapa.

—Estoy bien —dijo, sonriendo con valentía—. Los médicos me han dado unas medicinas para el dolor, y parece que sí que ayudan un poco.

Yo iba a verla todos los días. Las horas parecían ralentizarse y, al mismo tiempo, pasar con enorme rapidez.

—¿Quieres que te traiga algo?

—No, gracias.

Eché un vistazo a la estancia, después volví a mirarla.

—He estado leyendo la Biblia —anuncié finalmente.

—¿De veras? —Su cara se iluminó, recordándome al ángel que había visto en la función de teatro. No podía creer que solo hubieran transcurrido seis semanas.

—Quería que lo supieras.

—Me alegra que me lo hayas dicho.

—Anoche leí el Libro de Job, cuando cuenta cómo Dios quiso probar la fe de Job.

Ella sonrió y me dio una palmadita en el brazo. Noté la agradable suavidad de su mano sobre mi piel.

—Deberías leer otros capítulos; ahí no se muestra a un Dios demasiado piadoso.

—¿Por qué le hizo semejante prueba?

—No lo sé —respondió ella.

—¿Alguna vez te sientes como Job?

Jamie sonrió, con un leve brillo en los ojos.

—A veces.

—Pero ¿tú no has perdido la fe?

—No.

Sabía que Jamie no la había perdido, pero creo que yo estaba perdiendo la mía.

—¿Es porque crees que quizá te curarás?

—No, es porque es lo único que me queda.

Después de aquella conversación, empezamos a leer la Biblia juntos. En cierto modo, parecía lo correcto; sin embargo, mi corazón seguía diciéndome que todavía había algo más que podía hacer.

Por la noche, no podía pegar ojo y me preguntaba qué podía ser.

149

Leer la Biblia nos aportó la oportunidad de centrarnos en algo. De repente, la relación entre Jamie y yo empezó a ser más fluida, quizá porque ya no estaba tan obcecado con la idea de no cometer un error que pudiera ofenderla. ¿Qué podía ser más idóneo que leer la Biblia? Aunque mis conocimientos sobre las Sagradas Escrituras no fueran tan vastos como los de ella, creo que Jamie apreció el gesto. De vez en cuando, mientras leíamos juntos, emplazaba la mano sobre mi rodilla y simplemente escuchaba mientras mi voz llenaba la estancia.

Otras veces, me sentaba a su lado en el sofá y me dedicaba a contemplar la Biblia a la vez que observaba a Jamie de soslayo. De repente, nos poníamos a leer un pasaje o un salmo, quizás un proverbio, y entonces le preguntaba qué pensaba al respecto. Jamie siempre tenía una respuesta, y yo asentía con la cabeza, reflexionando sobre sus palabras. A veces era ella quien pedía mi opinión; entonces me esforzaba por dar una respuesta juiciosa, aunque había momentos en que me lanzaba algún farol, y entonces tenía la certeza de que ella lo sabía. «¿De verdad significa eso para ti?», me preguntaba, y yo me frotaba la barbilla y reflexionaba unos instantes antes de volver a intentarlo. En ocasiones, sin embargo, no lograba concentrarme, al notar el suave tacto de su mano en mi rodilla.

Un viernes por la noche, la llevé a cenar a mi casa. Mi madre se sentó con nosotros al principio, pero a la hora de los postres se retiró al estudio, para que pudiéramos estar los dos solos.

Estaba bien allí, sentado con Jamie, y sabía que ella también se sentía cómoda. Últimamente no salía mucho de su casa, así que era una ocasión especial.

Desde que me había contado lo de la enfermedad, había dejado de recogerse el pelo en un moño, y a mí me sorprendía tan gratamente como el primer día en que se lo había visto suelto. Ella estaba contemplando la vitrina con las piezas de porcelana —mi madre tenía una de esas vitrinas con luces en el interior— cuando rodeé la mesa y le cogí la mano.

150

—Gracias por venir esta noche —dije.

Ella centró nuevamente su atención en mí.

—Gracias por invitarme.

Hice una pausa.

—¿Cómo está tu padre?

Jamie suspiró.

—No muy bien. Me preocupa mucho.

—Te quiere muchísimo, ya lo sabes.

—Sí, lo sé.

—Y yo también —declaré y, cuando lo hice, Jamie desvió la vista. Por lo visto, al oírme decir eso otra vez, se había asustado de nuevo.

—¿Seguirás pasando por mi casa? —me preguntó—. Incluso después de que…, ya sabes, cuando…

Le apreté la mano, sin ejercer demasiada presión, solo lo bastante como para reafirmarme en mi declaración.

—Si tú quieres que vaya, iré.

—No tenemos que seguir leyendo la Biblia, si no quieres.

—Sí, me apetece que sigamos leyendo juntos —respondí.

Ella sonrió.

—Eres un buen amigo, Landon. No sé qué haría sin ti.

Ella me apretó la mano, devolviéndome el favor. Allí sentada, delante de mí, parecía radiante.

—Te quiero, Jamie —repetí, y esta vez ella no se asustó. En lugar de eso, me miró a los ojos, desde el otro lado de la mesa, y pude ver cómo sus bellos ojos azules empezaban a brillar.

Jamie suspiró al tiempo que desviaba la mirada, se pasó la mano por el pelo y volvió a mirarme a los ojos. Le besé la mano y le sonreí agradecido.

—Yo también te quiero —susurró finalmente.

Esas eran las palabras que tanto había deseado escuchar.

No sé si Jamie le había contado a Hegbert lo que sentía por mí, aunque lo dudo, porque él no alteró su rutina en absoluto. Como de costumbre, se marchaba de casa cuando yo iba a visitar a Jamie después del instituto, y así continuó. Yo llamaba a la puerta y escuchaba mientras Hegbert le decía a Jamie que se iba y que regresaría al cabo de un par de horas. «Muy bien, papá», oía que ella le contestaba; entonces esperaba a que él abriera la puerta. Cuando me dejaba entrar, Hegbert buscaba en el armario del pasillo y se ponía el abrigo y el sombrero en silencio, luego se abrochaba todos los botones antes de salir de casa. Llevaba un abrigo anticuado, largo y negro, como una gabardina de las que estaban de moda a principios de este siglo. Casi nunca me dirigía la palabra, ni siquiera después de que se enterara de que Jamie y yo habíamos empezado a leer la Biblia juntos.

A pesar de que era evidente que no le hacía la menor gracia que yo entrara en su casa si él no estaba, no le quedó más remedio que ceder. Sabía que, en parte, la razón se debía a que no quería que Jamie cogiera frío si se sentaba en el porche, y la única alternativa era que él se quedara en casa mientras yo estaba allí. Pero creo que Hegbert necesitaba pasar un rato solo, y que esa era la verdadera razón de aquella suerte de claudicación.

No tuvo que especificarme las normas de la casa, pues

pude verlas reflejadas en sus ojos la primera vez que me dijo que podía quedarme. Sabía que solo podía estar en el comedor, en ninguna estancia más.

Jamie todavía podía moverse con bastante soltura, a pesar de que el invierno estaba siendo realmente duro. En las últimas semanas de enero había soplado un viento gélido durante nueve días, seguidos de tres jornadas de lluvias tormentosas. A Jamie no le apetecía salir de casa con un tiempo tan desapacible, aunque, cuando Hegbert se marchaba, a veces salíamos al porche solo un par de minutos para tomar un poco de aire fresco. Cuando lo hacíamos, no podía evitar preocuparme por ella.

Mientras leíamos la Biblia, la gente llamaba a la puerta por lo menos tres veces todos los días. Siempre había alguien que se dejaba caer, con algo de comida o simplemente para saludar. Incluso Eric y Margaret pasaron a verla; a pesar de que Jamie no tenía permiso, los invitó a entrar. Los cuatro nos sentamos en el comedor y charlamos un rato, aunque tanto Eric como Margaret no se atrevían a mirar a Jamie a la cara.

Los dos estaban visiblemente nerviosos, por lo que necesitaron un par de minutos para reunir fuerzas y decir por qué habían ido a verla. Eric anunció que había ido a disculparse y añadió que no comprendía cómo era posible que eso le pasara precisamente a ella. También le había llevado algo: con mano temblorosa, depositó un sobre encima de la mesa. Se expresaba con dificultad y con una emoción desmedida; nunca antes lo había visto tan afectado por algo.

—Eres una persona con un corazón tan generoso... —le dijo a Jamie, con voz entrecortada—. Aunque es algo que daba por sentado y sé que no siempre me he comportado debidamente contigo, quiero que sepas que lo siento. Nunca en mi vida me he arrepentido tanto de algo. —Hizo una pausa y se secó la comisura del ojo—. Probablemente serás la persona más buena que jamás conozca.

Mientras intentaba contener las lágrimas que pugnaban por escapar de sus ojos y carraspeaba nervioso, Margaret se había desmoronado y lloraba desconsoladamente en el sofá, incapaz de hablar. Cuando Eric acabó, Jamie se secó las lágrimas que empañaban sus mejillas, se puso de pie despacio y sonrió. Acto seguido, abrió los brazos en un gesto conciliador. Eric se abrazó a ella y, al final, rompió a llorar mientras ella le acariciaba el pelo, murmurándole palabras de consuelo. Los dos continuaron abrazados durante un buen rato mientras Eric hipaba, hasta que, exhausto, no pudo seguir llorando.

Entonces fue el turno de Margaret: ella y Jamie repitieron exactamente el mismo ritual.

Cuando Eric y Margaret estuvieron listos para marcharse, se pusieron las chaquetas y miraron a Jamie por última vez, como si quisieran inmortalizar su imagen. No me queda duda de que querían recordarla tal y como la veían en aquel momento. Jamie estaba preciosa.

—No te rindas —dijo Eric de camino a la puerta—. Rezaré por ti, igual que el resto del pueblo. —Entonces me miró, se me acercó y me propinó una palmada en el hombro—. Y tú tampoco te rindas —me alentó, con los ojos enrojecidos.

Mientras los veía marcharse, supe que nunca me había sentido tan orgulloso de ellos como en ese momento.

Más tarde, abrimos el sobre y vimos lo que Eric había hecho. Sin decírnoslo, se había encargado de recolectar más de cuatrocientos dólares para el orfanato.

153

Yo esperaba el milagro.

Pero no llegaba.

A principios de febrero, los médicos incrementaron el número de pastillas que Jamie tomaba para paliar el dolor. Las dosis más altas le provocaron mareos, y se cayó dos veces al suelo mientras se dirigía al cuarto de baño; en una de las ocasiones, se golpeó la cabeza contra el lavabo. Después del incidente, insistió para que le redujeran la medicación, a lo que los médicos cedieron a regañadientes.

Aunque podía andar bien, el dolor se iba intensificando, y a veces incluso esbozaba una mueca de sufrimiento con tan solo levantar el brazo. La leucemia es una enfermedad de la sangre, una enfermedad que se va propagando por el cuerpo de forma inevitable. No había forma de escapar de ella mientras el corazón de Jamie siguiera latiendo.

La enfermedad también debilitaba el resto de su cuerpo, apoderándose de sus músculos, haciendo que incluso las acciones más sencillas resultaran arduas tareas. En la primera semana de febrero, Jamie perdió casi tres kilos, y pronto le resultó difícil incluso caminar, a menos que se tratara de distancias cortas. Eso, claro, si era capaz de soportar el dolor, que no tardó en subyugarla. Volvió otra vez a las pastillas, aceptando los mareos en lugar del dolor.

Con todo, seguíamos leyendo la Biblia.

Cada vez que visitaba a Jamie, la encontraba en el sofá con la Biblia ya abierta. Sabía que, al final, si quería seguir con aquello, su padre tendría que llevarla en brazos hasta el sofá. Aunque Jamie nunca dijo nada al respecto, los dos sabíamos lo que eso significaba.

Se acababa el tiempo, pero mi corazón todavía me decía que había algo más que podía hacer.

El 14 de febrero, el día de San Valentín, Jamie eligió un pasaje de los Corintios que significaba mucho para ella. Me dijo que, si alguna vez tenía la oportunidad, era el pasaje que quería que leyeran en su boda:

> El amor es paciente, es bondadoso. El amor no es envidioso, ni jactancioso, ni orgulloso. No se comporta con rudeza, no es egoísta, no se enoja fácilmente, no guarda rencor. El amor no se deleita en la maldad, sino que se regocija con la verdad. Todo lo disculpa, todo lo cree, todo lo espera, todo lo soporta.

Jamie era, en esencia, como aquel pasaje.

Tres días más tarde, cuando la temperatura ascendió tímidamente, le enseñé algo maravilloso, algo que dudaba que Jamie hubiera visto antes, algo que sabía que le encantaría ver.

La parte oriental de Carolina del Norte es una zona especialmente bonita; goza de un clima templado y, en su mayor parte, de una geografía maravillosa. En ningún otro lugar esto es más evidente que en Bogue Banks, una isla justo a tocar de la costa, cerca del pueblo donde Jamie y yo nos habíamos criado. Con sus cuarenta kilómetros de largo y sus casi dos kilómetros de ancho, esta isla es un bello reducto de la naturaleza. Se expande de este a oeste, abrazando la línea de la costa a tan solo un kilómetro de la orilla. Los que la habitan tienen la suerte de presenciar espectaculares amaneceres y atardeceres todos los días del año, sobre la vastedad del imponente océano Atlántico.

Jamie estaba de pie, bien abrigada, a mi lado, en la punta del Iron Steamer Pier, mientras aquel perfecto atardecer sureño se ceñía sobre nosotros. Señalé a lo lejos y le pedí que esperara. Podía ver las pequeñas nubes de vapor que se formaban cada vez que espirábamos: por cada dos nubes suyas, una nube mía. Tuve que sostener a Jamie mientras permanecíamos allí de pie; parecía más ligera que las hojas de un árbol que caen en otoño, pero yo sabía que la experiencia valía la pena.

155

No pasó mucho rato antes de que la resplandeciente luna surcada de cráteres iniciara su pausado ascenso sobre el mar, inundando con un prisma de luz las aguas que lentamente se iban oscureciendo; era un prisma que se dividía en mil fragmentos, a cual más bello. En ese mismo instante, el sol alcanzaba la línea del horizonte en la dirección opuesta, imprimiendo tonalidades rojas, ocres y amarillas en el cielo, como si el reino celestial hubiera abierto sus puertas para dejar escapar toda la belleza de sus confines sagrados. El océano se trocó de color plata dorada mientras los dos astros reflejaban sus tintes mutantes; las aguas rizadas y resplandecientes con la luz cambiante ofrecían una visión celestial, casi como si se tratara de la aurora de los tiempos.

El sol continuó descendiendo, lanzando sus destellos hasta tan lejos como alcanzaba la vista. Al final, lentamente, desapareció bajo las olas. La luna irisada continuó su pausado ascenso, mientras adoptaba un millar de matices amarillos, cada uno más pálido que el anterior, hasta finalmente abrazar el color de las estrellas.

Jamie presenció el espectáculo en silencio, con mi brazo firme alrededor de su cintura, respirando con dificultad. El cielo se tornaba negro y las primeras luces titilantes empezaban a aparecer en la distante bóveda celeste. La abracé. Con suavidad, la besé en ambas mejillas y, después, finalmente, en los labios.

—Lo que acabas de ver —dije— es el puro reflejo de lo que siento por ti.

Una semana más tarde, Jamie empezó a ir al hospital con más frecuencia, aunque ella insistía en que no quería quedarse a pasar la noche.

—Quiero morir en casa —repetía sin vacilar.

Dado que los médicos no podían hacer nada por ella, no les quedaba más remedio que aceptar sus deseos.

Al menos de momento.

156

—He estado pensando en los últimos meses —le dije una tarde.

Estábamos sentados en el comedor, cogidos de la mano mientras leíamos la Biblia. La enfermedad le había descarnado las mejillas, y su melena empezaba a perder su lustre natural. Aun así, sus ojos, aquellos adorables ojos azules, seguían siendo tan bellos como siempre.

No creo haber visto nada tan hermoso en la vida.

—Yo también he estado pensando en lo mismo —comentó ella.

—Desde el primer día en la clase de la señorita Garber, cuando me miraste y sonreíste, sabías que yo sería Tom Thornton en la obra, ¿no es verdad?

Jamie asintió.

—Sí.

—Y cuando te pedí si querías ser mi pareja en el baile de inauguración del curso, me hiciste prometer que no me enamoraría de ti, pero sabías que me enamoraría, ¿verdad?

Sus ojos refulgían con un destello travieso.

—Sí.

—¿Cómo lo sabías?

Ella se encogió de hombros sin contestar. Permanecimos sentados en silencio unos instantes, contemplando la lluvia que se estrellaba contra las ventanas.

—Cuando te dije que rezaba por ti, ¿a qué crees que me refería? —me preguntó.

La enfermedad continuó su progresión, acelerando su declive a medida que se acercaba el mes de marzo. Jamie tomaba más medicamentos para paliar el dolor, y las náuseas persistentes le quitaban el apetito. Cada día estaba más débil, tanto que parecía que no tardaría mucho en ingresar inevitablemente en el hospital, a pesar de sus deseos.

Fueron mi madre y mi padre los que evitaron esa posibilidad.

Mi padre había regresado a casa en coche desde Washington precipitadamente, a pesar de que el Congreso todavía estaba en sesión. Por lo visto, mi madre lo había llamado y le había dicho que, si no iba a casa de inmediato, podía quedarse en Washington para siempre.

Cuando le contó lo que pasaba, mi padre se lamentó de que Hegbert jamás aceptaría su ayuda, que las heridas eran demasiado profundas, que era demasiado tarde para hacer algo.

—No se trata de tu familia, ni tampoco del reverendo Sullivan, ni de nada de lo que sucedió en el pasado —lo reprendió ella, negándose a aceptar su respuesta—. Se trata de nuestro hijo, que está enamorado de una joven que necesita nuestra ayuda, así que ya puedes ir buscando la forma de ayudarla.

No sé qué es lo que mi padre le dijo a Hegbert, ni qué promesas tuvo que hacer, ni cuánto dinero le costó todo aquello. Lo único que sé es que, de repente, Jamie se vio rodeada de una maquinaria muy cara, que le proporcionaba todas las medicaciones que necesitaba, y estaba vigilada las veinticuatro horas por dos enfermeras, mientras que un médico pasaba a verla varias veces al día.

Jamie podría quedarse en casa.

Aquella noche, lloré en el hombro de mi padre por primera vez en mi vida.

—¿Te arrepientes de algo? —le pregunté a Jamie.

Ella estaba en la cama, bajo las mantas; en el brazo llevaba un tubo que le administraba la medicación que necesitaba. Tenía la cara pálida, y su cuerpo era tan ligero como una pluma. Apenas podía caminar; cuando lo hacía, tenía que apoyarse en alguien.

—Todos nos arrepentimos de alguna cosa, Landon —contestó—, pero he disfrutado de una vida maravillosa.

—¿Cómo puedes decir eso, con todo lo que estás pasando? —me lamenté alzando la voz, incapaz de ocultar mi angustia.

Ella me apretó la mano, sin apenas fuerza, al tiempo que me sonreía con ternura.

—Tienes razón. Esto —admitió mientras echaba un vistazo a su alrededor— podría ser mejor.

A pesar de mis lágrimas, me eché a reír y me sentí culpable por mi reacción. Se suponía que era yo quien tenía que animarla, y no lo contrario. Jamie prosiguió:

—Pero, aparte de esto, he sido feliz, de verdad. Tengo un padre maravilloso que me ha enseñado a amar a Dios. Si miro atrás, sé que he hecho todo lo que he podido por ayudar a los desvalidos. —Hizo una pausa y me miró a los ojos—. Incluso me he enamorado de alguien que me corresponde con los mismos sentimientos.

Al oír sus palabras, no pude más que besarle la mano; luego me la llevé hasta la mejilla.

—No es justo —me rebelé.

Ella no contestó.

—¿Todavía tienes miedo? —le pregunté.

—Sí.

—Yo también —admití.

—Lo sé, y lo siento.

—¿Qué puedo hacer? —me lamenté, desesperado—. Ya no sé qué es lo que se supone que he de hacer.

—¿Por qué no lees un rato para mí?

Asentí con la cabeza, aunque no estaba seguro de si sería capaz de llegar al final de la página sin desmoronarme.

«¡Por favor, Señor, dime qué he de hacer!»

—¿Mamá? —dije más tarde aquella noche.

—¿Sí?

Estábamos sentados en el sofá del estudio; el fuego que crepitaba en la chimenea iluminaba la estancia. Aquella tarde, Jamie se había quedado dormida mientras yo leía en voz alta; como sabía que necesitaba descansar, decidí salir del comedor sin hacer ruido. Antes, sin embargo, la besé con ternura en la mejilla. Era un beso inocente, pero Hegbert entró justo en aquel instante, y acerté a distinguir el choque de emociones que reflejaban sus ojos. El reverendo me miraba fijamente; él sabía que yo amaba a su hija, pero también sabía que había infringido una de las normas de su casa, aunque no me la hubiera explicitado de palabra. Si Jamie hubiera estado bien, sé que nunca más me habría permitido poner los pies en su hogar. No dije nada ni intenté excusarme; simplemente me encaminé hacia la puerta en silencio.

Realmente no podía culparlo. Había descubierto que las horas que compartía con Jamie me llenaban de la energía suficiente como para que no me afectara el comportamiento de su padre. Si algo me había enseñado Jamie a lo largo de aquellos meses era que las acciones —no los pensamientos ni las intenciones— eran la verdadera forma de juzgar a los demás, y sabía que Hegbert me permitiría entrar en la habitación de Jamie al día siguiente. Estaba pensando en eso mientras permanecía sentado junto a mi madre en el sofá.

—¿Crees que tenemos un designio en la vida? —le pregunté.

Era la primera vez que le formulaba una pregunta tan profunda, pero la situación que estaba viviendo no era normal.

—No estoy segura de si entiendo tu pregunta —me contestó, frunciendo el ceño.

—Quiero decir: ¿cómo sabes lo que se supone que has de hacer?

—¿Me estás preguntando por las horas que pasas con Jamie?

Asentí despacio, aunque seguía sintiéndome totalmente confuso.

—Más o menos. Sé que estoy haciendo lo correcto, pero… falta algo. Paso mucho rato con ella, hablamos y leemos la Biblia, pero…

Hice una pausa. Mi madre acabó el razonamiento por mí.

—¿Crees que deberías hacer algo más?

Asentí nuevamente.

—No sé si hay algo más que puedas hacer, cielo —respondió con suavidad.

—Entonces, ¿por qué me siento así?

Ella acortó la distancia entre nosotros en el sofá y, durante unos instantes, contemplamos las llamas juntos en silencio.

—Creo que es porque estás asustado y te sientes impotente. A pesar de que lo estás intentando, la situación no hace más que empeorar… para los dos. Y cuanto más lo intentas, todo parece tener menos sentido.

—¿Hay alguna forma de dejar de sentirme de ese modo?

Ella me rodeó con un brazo por el hombro, con ternura.

—No, me parece que no.

Al día siguiente, Jamie no tenía fuerzas para levantarse de la cama. Puesto que estaba demasiado débil para caminar incluso con ayuda, leímos la Biblia en su habitación.

Se quedó dormida al cabo de pocos minutos.

Otra semana tocó a su fin, y el estado de Jamie no hacía más que empeorar. Su cuerpo languidecía. Postrada en la cama, parecía más diminuta, casi como si fuera una muñequita de porcelana.

—Jamie —sollocé—, ¿qué puedo hacer por ti?

Jamie, mi dulce Jamie, se pasaba muchas horas durmiendo, incluso mientras le hablaba. No se movió ante el sonido de mi voz; su respiración era rápida y débil.

Me senté junto a la cama y la observé durante un rato, pensando en lo mucho que la quería. Sostuve su mano cerca de mi corazón, sintiendo la fragilidad de sus dedos descarnados. Una parte de mí quería gritar a todo pulmón, desesperadamente, pero, en vez de eso, bajé su mano y la acomodé sobre la manta con delicadeza; luego me giré hacia la ventana.

Me pregunté por qué mi mundo se había venido abajo de esa forma, por qué eso tenía que sucederle a alguien como ella; me pregunté si en la vida existía una lección más grande que lo que estaba sucediendo. ¿Acaso era todo, tal y como Jamie solía decir, simplemente el designio del Señor? ¿Quería Dios que me enamorara de ella? ¿O era una decisión que había tomado yo libremente? Cuanto más rato dormía Jamie, más sentía su presencia a mi lado; sin embargo, las respuestas a aquellas preguntas seguían siendo tan insustanciales como el día anterior.

Fuera, estaba dejando de llover y empezaban a abrirse algunos claros. Había sido un día sombrío, pero, en aquellas últimas horas de la tarde, el sol parecía querer asomar tímidamente entre las nubes. Bajo el fresco aire primaveral, detecté los primeros signos de la naturaleza que reverdecía. Los árboles empezaban a florecer, las hojas esperaban el momento justo para abrirse a otro nuevo verano.

En la mesilla de noche, junto a su cama, vi la colección de objetos que Jamie tanto apreciaba: varias fotografías de su padre, en las que sostenía a Jamie de pequeña y en las puertas de la escuela en su primer día de clase; también me fijé en la pila de cartas que le habían enviado los niños del orfanato. Suspiré y alargué la mano para tomar la que estaba situada arriba de todo del montón.

Escrita con un lápiz de color, simplemente decía:

PONTE BUENA PRONTO.
TE ECHO MUCHO DE MENOS.

Estaba firmada por Lydia, la pequeña que se había quedado dormida en la falda de Jamie en Nochebuena. La segunda carta expresaba los mismos sentimientos, pero lo que realmente captó mi atención fue el dibujo de un niño que se

161

llamaba Roger. Había dibujado un pájaro, volando sobre un arcoíris.

Con un enorme pesar, volví a doblar la hoja. No podía soportar mirar ese dibujo ni un segundo más. Mientras ordenaba la pila tal y como estaba al principio, me fijé en un recorte de periódico, cerca de su vaso de agua. Cogí el trozo de papel y vi que hablaba de la función de Navidad. Era un artículo que habían publicado en el diario del domingo, el día después de la segunda función. En la fotografía encima del texto, contemplé la única foto que nos habían hecho juntos.

Parecía que hubiera pasado tanto tiempo...

Observé aquel trozo de papel más de cerca. Mientras miraba la foto con atención, recordé lo que sentí aquella noche al verla. Escruté su imagen sin pestañear, en busca de cualquier señal que indicara que ella sospechaba lo que iba a suceder. Sabía que Jamie era consciente de ello, pero su expresión aquella noche no la traicionó. En vez de eso, solo aprecié una felicidad radiante. Al cabo de unos minutos, suspiré y volví a dejar el recorte sobre la mesa.

La Biblia seguía abierta por la misma página en la que la había dejado, y a pesar de que Jamie estaba dormida, sentí la necesidad de leer un poco más. Finalmente, llegué a un pasaje que decía: «No es que te esté dando órdenes, sino que quiero probar la sinceridad de tu amor en comparación con la dedicación de los demás».

Las palabras tuvieron el efecto de una pesada losa sobre mí, y justo cuando iba a ponerme a llorar, de repente, comprendí exactamente el significado de aquel mensaje.

¡Por fin Dios me había contestado! Entonces por fin supe lo que tenía que hacer.

No podría haber llegado a la iglesia más rápido, ni que hubiera ido en coche. Tomé todos los atajos posibles; atravesé a la carrera varios patios traseros, salté vallas, y en una ocasión me metí en el garaje de un vecino y salí por la puerta lateral. En aquellos instantes, todo lo que había aprendido del pueblo durante mi infancia jugaba a mi favor, y si bien nunca había destacado por ser un gran atleta, ese día nadie podía pararme, propulsado por la idea que ocupaba toda mi atención.

No me importaba mi aspecto cuando llegué a la iglesia; estaba seguro de que Hegbert ni se fijaría. Cuando finalmente entré en el edificio, aminoré la marcha, intentando recuperar el aliento mientras me dirigía hacia la parte trasera, hacia el despacho del reverendo.

Hegbert alzó la vista cuando me vio, y entonces comprendí por qué estaba allí. No me invitó a entrar, simplemente desvió la vista de nuevo hacia la ventana. En su casa, bregaba con la enfermedad ordenando y limpiando las habitaciones con una actitud casi obsesiva; en cambio, en su despacho, había papeles esparcidos por toda la mesa, y los libros se amontonaban por doquier, como si nadie hubiera puesto orden en las últimas semanas. Comprendí que aquel era el lugar donde Hegbert pensaba en Jamie, el reducto donde podía llorar tranquilo.

—¿Reverendo? —musité suavemente.

Él no contestó, pero entré de todos modos.

—Quiero estar solo —espetó, con voz ronca.

Ofrecía un aspecto consumido y abatido, tan cansado como los israelitas descritos en los salmos de David. Su cara estaba demacrada, y su pelo se había vuelto más ralo desde diciembre. Incluso más que yo, quizás él tenía que mantener la vitalidad cuando estaba con Jamie, y el estrés que comportaba aquel esfuerzo lo estaba destrozando.

Avancé con paso decidido hacia la mesa. Me miró antes de volver a girarse hacia la ventana.

—Por favor, vete —me ordenó en un tono vencido, como si ni siquiera tuviera fuerzas para mirarme.

—Quiero hablar con usted —dije con firmeza—. No se lo pediría si no fuera importante.

Hegbert suspiró. Me senté en la silla que ya había ocupado en otra ocasión, cuando había ido a pedirle si podía invitar a Jamie a cenar en Nochevieja.

Él, sin mirarme, me escuchó mientras yo le contaba mi idea.

Cuando terminé, Hegbert se giró hacia mí. No sé qué es lo que pensaba, pero al menos no dijo que no. En lugar de

163

eso, se secó los ojos con los dedos y volvió a fijar la vista en la ventana.

Incluso él estaba demasiado emocionado para hablar.

Nuevamente emprendí la carrera, sin acusar el cansancio; mi objetivo me proporcionaba la fortaleza que necesitaba para seguir adelante. Cuando llegué a casa de Jamie, atravesé corriendo la puerta, sin llamar; la enfermera que estaba de guardia en su habitación salió al pasillo intranquila para averiguar el motivo de tanto ruido. No le di ni tiempo de hablar, sino que me adelanté:

—¿Está despierta? —pregunté, eufórico y aterrorizado al mismo tiempo.

—Sí —respondió la enfermera con cautela—. Cuando se ha despertado, ha preguntado dónde estabas.

Me disculpé por mi atropellada llegada y le di las gracias; a continuación, le pedí si podía dejarnos solos unos momentos. Entré en la habitación de Jamie y cerré parcialmente la puerta a mi espalda. Estaba pálida, muy pálida, pero su sonrisa me transmitió que seguía luchando.

—Hola, Landon —dijo con voz cansada—; gracias por volver.

Tomé una silla y me senté a su lado; acto seguido, le cogí la mano. Al verla allí tumbada, se me formó un nudo en la garganta, y de nuevo me invadieron unas tremendas ganas de llorar, aunque me contuve.

—Estaba aquí, pero te has quedado dormida y... —comenté.

—Lo sé..., lo siento; por lo visto, no consigo vencer al cansancio.

—Tranquila, es comprensible.

Jamie alzó la mano levemente, y yo se la besé. Me incliné hacia ella y la besé también en la mejilla.

—¿Me quieres? —le pregunté.

Ella sonrió.

—Sí.

—¿Quieres verme feliz? —Mientras le formulaba la pregunta, se me aceleró el pulso.

—Por supuesto.

—Entonces, ¿harás una cosa por mí?

Jamie desvió la vista. Sus rasgos reflejaban una gran tristeza.

—No sé si podré hacerlo —se disculpó.

—Pero si pudieras, ¿lo harías?

Me resulta imposible describir la intensidad de mis sentimientos en aquel preciso instante: amor, rabia, tristeza, esperanza y miedo, todos mezclados en un torbellino, avivados por el nerviosismo que me abrumaba. Jamie me miró con curiosidad, y mi respiración se agitó. De repente, supe que nunca antes había experimentado un sentimiento tan profundo por nadie como en aquellos momentos. Mientras la miraba a los ojos, el hecho de ser plenamente consciente de mis sentimientos hizo que deseara por enésima vez tener el poder de acabar con aquella odiosa pesadilla.

Si hubiera sido posible, habría intercambiado mi vida por la de ella. Quería expresarle mis sentimientos, pero el sonido de su voz silenció repentinamente el cúmulo de emociones que se habían apoderado de mí.

165

—Sí, lo haría —dijo Jamie finalmente, con una voz débil pero a la vez llena de promesa.

Aunque me costó un poco, logré recuperar el control de mí mismo, volví a besarla y, acto seguido, le acaricié la cara, deslizando mis dedos por su mejilla con una extrema delicadeza. Me maravillé de la suavidad de su piel, de la bondad que vi en sus ojos. Incluso en esos críticos momentos, Jamie era perfecta.

Se me formó otro nudo en la garganta, pero, tal y como ya he dicho, sabía lo que tenía que hacer. Puesto que tenía que aceptar que no estaba en mi poder curarla, lo que quería hacer era darle lo que Jamie siempre había soñado.

Era lo que mi corazón me había estado pidiendo durante las últimas semanas.

Entonces comprendí que Jamie ya me había dado la respuesta que había estado buscando con tanto empeño, la que mi corazón necesitaba encontrar. Me había dado la respuesta mientras estábamos sentados en el banco del vestíbulo junto a la puerta del despacho del señor Jenkins, la noche que fuimos a verlo para preguntarle si podíamos representar la función en el orfanato.

Sonreí con ternura, y ella me correspondió con un leve apretón afectuoso en la mano, como si quisiera darme a entender que confiaba en mí y en la decisión que estaba a punto de tomar. Alentado, me incliné hacia ella y aspiré hondo. Tomé aire y dije:

—¿Quieres casarte conmigo?

Capítulo 13

$\mathcal{A}$ los diecisiete años, mi vida cambió para siempre.

Mientras camino por las calles de Beaufort cuarenta años más tarde, pensando en aquellos meses de mi vida, lo recuerdo todo con tanta claridad como si fuera ayer.

Recuerdo que Jamie contestó que sí a mi pregunta y que los dos nos pusimos a llorar juntos. Recuerdo la conversación que mantuve con Hegbert y con mis padres para explicarles lo que necesitaba hacer. Ellos interpretaron que solo lo hacía por Jamie, y los tres intentaron disuadirme, sobre todo cuando se enteraron de que ella había dicho que sí. No comprendían, y tuve que dejárselo claro, que necesitaba hacerlo por mí.

Estaba enamorado de ella, tan profundamente enamorado, que no me importaba si estaba enferma ni que no pudiéramos estar juntos mucho tiempo; ninguno de esos factores me parecía relevante. Lo único que deseaba era hacer lo que mi corazón me dictaba. Era la primera vez que Dios me hablaba de forma directa, y, de ningún modo, pensaba desobedecerlo.

Supongo que algunos pensarán que lo hice por pena; los más escépticos quizás incluso se preguntarán si lo hice porque sabía que Jamie pronto moriría, por lo que en realidad no asumía un compromiso a largo plazo. La respuesta a ambas preguntas es: no. Me habría casado con Jamie Sullivan fuese lo que fuese lo que le deparara el futuro. Me habría casado con Jamie Sullivan si el milagro por el que tanto había rezado se hubiera cumplido de repente. Lo supe en el momento en que se lo pregunté, y hoy sigo teniendo la misma certeza.

Jamie era más que simplemente la mujer a la que amaba. En aquel año, ella me había ayudado a convertirme en el hombre que soy. Con su mano firme, me mostró la importancia de ayudar al prójimo; con su paciencia y bondad, me enseñó el verdadero significado de la vida. Su valentía y optimismo, incluso en los momentos más graves de su enfermedad, fueron lo más sorprendente que jamás he visto.

Hegbert nos casó en la iglesia bautista, con mi padre de pie a mi lado como padrino. Eso fue otro de los logros de Jamie. En el sur, la tradición marca que tu padre esté a tu lado el día de tu boda, pero para mí hubiera sido una tradición sin sentido antes de que Jamie llegara a mi vida. Ella nos había unido a mi padre y a mí de nuevo; además, también había conseguido cerrar algunas de las heridas entre nuestras dos familias.

Después de lo que mi padre había hecho por Jamie y por mí, supe que siempre podría contar con él. A medida que pasaron los años, nuestra relación se fue consolidando con más fuerza hasta el día de su muerte.

Jamie también me enseñó el valor de saber perdonar y el enorme poder de redención que conlleva el perdón. Me di cuenta el día en que Eric y Margaret fueron a visitarla a su casa. Jamie no guardaba ningún rencor; ella vivía su vida tal y como marcaba la Biblia.

Jamie no fue solo el ángel que salvó a Tom Thornton, sino que también fue el ángel que nos salvó a todos.

El 12 de marzo de 1959, tal y como ella había deseado, la iglesia estaba abarrotada de gente. En la nave había más de doscientas personas, y más que esperaban al otro lado de las puertas.

Dado que decidimos casarnos con tan poca antelación, no tuvimos tiempo para muchos preparativos, y la gente se tomó el día libre con el fin de aportar su granito de arena para que fuera un día especial, simplemente mostrándonos su apoyo con su presencia. No faltaba nadie. Todos estaban allí: la señorita Garber, Eric, Margaret, Eddie, Sally, Carey, Angela, e incluso Lew y su abuela. Todos los ojos se humedecieron cuando sonó la música que acompañó la entrada de Jamie a la iglesia. A pesar de que estaba muy débil y llevaba dos semanas sin levantarse de la cama, insistió en recorrer el pasillo andando hasta el altar, de la mano de su padre.

—Es muy importante para mí, Landon. Es parte de mi sueño, ¿recuerdas?

A pesar de que pensé que no sería posible, simplemente asentí. Su fe no dejaba de maravillarme.

Sabía que planeaba llevar el vestido que había usado en el teatro, la noche de la función. Era el único vestido blanco disponible, con tan poca antelación, aunque yo sabía que le quedaría más holgado que en aquella otra ocasión. Me estaba preguntando qué aspecto tendría Jamie con aquel vestido cuando mi padre depositó una mano sobre mi hombro, mientras permanecíamos de pie junto al altar, delante de toda la congregación.

—Hijo mío, me siento muy orgulloso de ti.

Yo asentí.

—Yo también estoy orgulloso de ti, papá.

Era la primera vez que le decía algo como aquello.

Mi madre, sentada en la primera fila, se secaba los ojos con un pañuelo cuando empezaron a sonar las primeras notas de la *Marcha nupcial*.

Las puertas se abrieron y vi a Jamie, sentada en su silla de ruedas, con una enfermera a su lado. Con todas las fuerzas que le quedaban, logró ponerse de pie, ayudada por su padre. Acto seguido, ambos empezaron a avanzar lentamente por el pasillo central; todo el mundo en la iglesia permaneció sentado en silencio. A mitad del pasillo, Jamie pareció perder súbitamente las fuerzas, y se detuvieron para tomar aliento. Ella entornó los ojos. Por un momento pensé que no sería capaz de continuar avanzando. Sé que solo pasaron unos diez o doce segundos, pero me parecieron muchos más; finalmente, asintió con un leve movimiento de cabeza. Tras aquella señal, Jamie y Hegbert reemprendieron la marcha. Mi corazón se hinchó con un orgullo indescriptible.

Recuerdo que en esos momentos pensé que aquel reco-

169

rrido, aquel paseo hasta el altar, era el más difícil que nadie tendría que hacer jamás.

En todos los sentidos, fue un paseo para recordar.

La enfermera había llevado la silla de ruedas hasta el altar por uno de los pasillos laterales mientras Jamie y su padre avanzaban hacia mí. Cuando ella llegó a mi lado, se oyeron susurros de alegría y todo el mundo se puso a aplaudir espontáneamente. La enfermera colocó la silla de ruedas en la posición adecuada, y Jamie volvió a sentarse, exhausta. Con una sonrisa, me arrodillé para ponerme a la misma altura que ella. Mi padre hizo lo mismo.

Hegbert, después de besar a Jamie en la mejilla, tomó su Biblia para iniciar la ceremonia. De repente, parecía haber abandonado el papel de padre de Jamie para convertirse en otra persona más distante, seguramente para ser capaz de contener sus emociones. Sin embargo, podía ver cómo se debatía, mientras permanecía de pie delante de nosotros. Hegbert parecía un torreón a nuestro lado, y comprendí que no había pensado en la diferencia de altura. Por un momento, permaneció allí plantado, en silencio, indeciso; entonces, para sorpresa de todos, decidió arrodillarse.

Jamie sonrió y buscó la mano libre de su padre; luego cogió la mía, para unirnos.

Hegbert inició la ceremonia en la forma tradicional, después leyó el pasaje de la Biblia que Jamie me había señalado una vez. Consciente de lo débil que estaba su hija, pensé que nos pediría que recitáramos los votos de inmediato, pero, una vez más, Hegbert me sorprendió. Miró a Jamie, a mí, a la congregación, y luego otra vez a nosotros dos, como si buscara las palabras adecuadas.

Se aclaró la garganta y alzó la voz para que todos pudieran oírlo. Esto es lo que dijo:

—Como padre, se supone que tengo que entregar a mi hija, pero no estoy seguro de que sea capaz de hacerlo.

La congregación se quedó en silencio. Hegbert me hizo una señal con la cabeza, como indicándome que tuviera paciencia. Jamie me apretó la mano para darme su apoyo.

—No puedo entregar a Jamie, de la misma forma que no puedo entregar mi corazón. Pero lo que sí puedo hacer es dejar que otra persona comparta la alegría que ella siempre me ha dado. Que Dios os bendiga a los dos.

A continuación, dejó la Biblia a un lado, se inclinó hacia mí y me ofreció su mano. Yo la acepté, cerrando de ese modo el círculo.

Seguidamente, nos invitó a recitar los votos. Mi padre me entregó el anillo que mi madre me había ayudado a elegir, y Jamie me dio otro. Los deslizamos por nuestros dedos. Hegbert nos observaba atentamente mientras intercambiábamos los anillos. Cuando terminamos, nos declaró marido y mujer. Besé a Jamie con ternura al tiempo que mi madre rompía a llorar. Después, sostuve la mano de Jamie entre la mía. Ante Dios y ante todo el pueblo, había prometido amarla con devoción, en la salud y en la enfermedad. He de confesar que nunca me había sentido tan bien conmigo mismo como después de aceptar aquel compromiso.

Lo recuerdo como el momento más maravilloso de mi vida.

Han pasado cuarenta años y todavía puedo recordar todos los detalles de aquel día. Quizás ahora tenga más años y sea un poco más sabio; quizás haya vivido otra vida desde entonces, pero sé que, cuando llegue mi hora, los recuerdos de aquel día constituirán las últimas imágenes que llenen mi mente. Todavía la amo y nunca me he quitado el anillo. En todos estos años, no he sentido el deseo de hacerlo.

Respiro hondo, aspirando el fresco aire primaveral. A pesar de que Beaufort ha cambiado, como yo, el aire sigue siendo el mismo. Todavía es el aire de mi infancia y de mi juventud, el aire de mis diecisiete años; cuando espiro, vuelvo a tener cincuenta y siete años. Pero no importa. Sonrío serenamente, con la vista fija en el cielo, consciente de que aún hay una cosa que no te he contado: ahora creo que, a veces, los milagros suceden.

Agradecimientos

Como siempre, quiero dar las gracias a Cathy, mi esposa. Me sentí enormemente dichoso el día que aceptó casarse conmigo. Después de diez años, aún me siento más feliz, porque mis sentimientos por ella no han cambiado. Gracias por los mejores años de mi vida.

También les estoy agradecido a Miles y a Ryan, mis hijos, que ocupan un lugar especial en mi corazón. Os quiero mucho. Para ellos, soy simplemente «papá».

Gracias a Theresa Park, mi agente literaria en Sandord Greenburger Associates, amiga y confidente. No hay suficientes palabras para expresar todo lo que has hecho por mí.

Jamie Raab, mi editora en Grand Central Publishing, también merece mi más eterna gratitud por los últimos cuatro años. Eres la mejor.

No quiero acabar sin mencionar a otras personas que me han apoyado en todo momento: Larry Kirshbaum, Maureen Egen, John Aherne, Dan Mandel, Howie Sanders, Richard Green, Scott Schwimer, Lynn Harris, Mark Johnson y Denise Di Novi. Me siento enormemente honrado de haber podido trabajar con todos vosotros.

Otros títulos del mismo autor
que te gustarán

NICHOLAS SPARKS

el cuaderno de Noah

Por el autor de *La última canción*
y *Noches de tormenta*.

EL CUADERNO DE NOAH

Un hombre tiene un cuaderno viejo, traído y llevado mil veces, en su regazo. Una mujer a su lado escucha lo que él le lee cada mañana, aunque no acaba de entender. Muchos años antes, Noah Calhoun vuelve a casa, a Carolina del Norte, después de la Segunda Guerra Mundial. Noah intenta que la plantación de la que procede vuelva a su antigua gloria, pero las imágenes de la preciosa joven que conoció catorce años antes —una mujer a la que amó como a ninguna otra— no paran de perseguirle. A pesar de que no ha sido capaz de volver a encontrarla, tampoco ha conseguido olvidar el verano que pasaron juntos. Es entonces cuando, de manera inesperada, vuelve a dar con ella. Allie Nelson está comprometida con otro hombre, pero reconoce que la pasión que una vez sintió por Noah no ha disminuido ni un ápice con el paso del tiempo. Sin embargo, los obstáculos que una vez impidieron su relación continúan existiendo y la brecha entre sus mundos es demasiado grande como para no hacerle caso.

Una historia de amor que ha encandilado a lectores de todo el mundo. Un clásico inolvidable.

NICHOLAS SPARKS
CUANDO TE ENCUENTRE

rocaeditorial ● ficción

CUANDO TE ENCUENTRE

Una historia inolvidable sobre las sorpresas que nos da la vida y el poder que tiene el destino para guiarnos hacia el amor verdadero.

Durante su tercera misión en Iraq, el soldado estadounidense Logan Thibault encuentra la fotografía de una joven sonriente medio enterrada en la arena del desierto. En la base, nadie la reclama y él acaba guardándola. De repente Logan empieza a tener suerte: gana en las partidas de póquer, sobrevive a un ataque que mata a dos de sus compañeros… De vuelta a EE. UU., Logan buscará a la mujer retratada pero desde luego no se espera a la persona fuerte pero vulnerable con la que se topa en Hampton, Carolina del Norte. La atracción que siente por ella le pilla desprevenido así que acaba manteniendo en secreto la historia de la fotografía, su amuleto. Un secreto que puede terminar destruyendo la maravillosa historia de amor que acaba de comenzar.

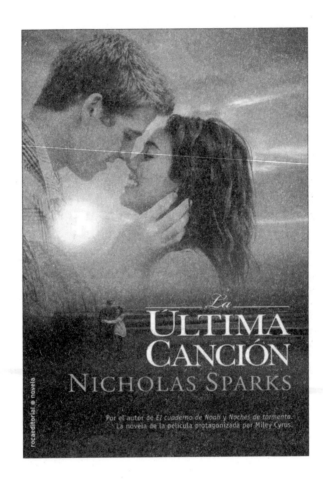

La
ÚLTIMA
CANCIÓN
NICHOLAS SPARKS

Por el autor de *El cuaderno de Noah* y *Noches de tormenta*.
La novela de la película protagonizada por Miley Cyrus.

rocaeditorial ● novela

LA ÚLTIMA CANCIÓN

Cuando su madre la obliga a pasar las vacaciones con su padre en un pueblo de Carolina del Norte, Ronnie Miller, una adolescente de diecisiete, no puede imaginarse una tortura peor. Hace tres años que sus padres se separaron, pero ella nunca lo superó. Su padre, un concertista y profesor de piano, vive alejado de todo en una casita cerca de la playa, donde Ronnie y su hermano pequeño irán a pasar las vacaciones. En este entorno idílico, Ronnie descubrirá la importancia de los diferentes tipos de amor que pueden poblar la vida de una persona: el que existe entre padres e hijos, el amor por la música y el más importante para ella, el primer amor por un chico. En esta novela, en la que se basa el guion que el propio Nicholas Sparks ha escrito para la película del mismo nombre —protagonizada por Miley Cyrus—, el autor nos conduce una vez más a través de todas esas relaciones que pueden rompernos el corazón y también por aquellas que conseguirán sanarlo.

NICHOLAS SPARKS

Querido John

La novela que inspiró la película del mismo nombre.
Por el autor de *El cuaderno de Noah* y *Noches de tormenta*.

roca editorial ∙ novela

QUERIDO JOHN

John Tyree es un muchacho rebelde, cuya infancia estuvo marcada por la ausencia de su madre y la obsesión de su padre por la numismática. Y ahora, en la recién estrenada juventud, decide alistarse en el ejército para poder huir de su pueblo y su familia.

Durante uno de sus permisos, cuando regresa a su ciudad natal, conoce a Savannah y entre ambos surge el amor. Un amor que sellan antes de que John se reincorpore al cuartel con el compromiso de que esperarán hasta que él pueda licenciarse para emprender una vida juntos.

Pero todo se complica tras los terribles atentados del 11 S, cuando John debe decidir entre el amor por una mujer y el amor a su país.

———

NICHOLAS SPARKS

Mensaje en una botella

Por el autor de *Cuando te encuentre*
y *El cuaderno de Noah*

rocaeditorial ● novela

MENSAJE EN UNA BOTELLA

¿Te imaginas que te llegara un mensaje en una botella de parte del amor de tu vida a quien todavía no conoces?

Theresa Osborne es una periodista de Boston que ha perdido la fe en las relaciones de pareja duraderas. Lleva tres años divorciada de su marido, quien la engañaba, cuando decide tomarse unas vacaciones. Es entonces cuando le sucede algo que le cambiará la vida: da con una botella en la playa, una botella que contiene una carta de amor en la que lo primero que lee es «Queridísima Catherine, te echo de menos». Intrigada por el misterio y llevada por emociones que hace tiempo que no sentía, Theresa publica la carta y poco a poco, y con la ayuda de los lectores, consigue descubrir quién es el autor de la misiva. Lo que le sucede es inesperado, tal vez milagroso, un encuentro con alguien que podría venir a poner fin a su escepticismo…

NICHOLAS SPARKS

en nombre del amor

rocaeditorial novela

EN NOMBRE DEL AMOR

Travis Parker tiene todo lo que un hombre pueda desear: un buen trabajo como veterinario, amigos fieles e, incluso, una casa delante de un lago en una pequeña localidad de Carolina del Norte. Le gusta la vida y aprovecharla al máximo, aunque hay algo que se resiste a probar: enamorarse. Pero semejante propósito desaparece por completo en el momento que conoce a Gabby Holland.

Gabby es una asistente pediátrica que se acaba de mudar al barrio de Travis. Él ha intentado ser un buen vecino, invitarla a sus barbacoas y a pasar el día con sus amigos en su lancha, pero ella ha resistido cada uno de los intentos de su guapísimo y encantador vecino, en parte porque le sería demasiado fácil sentirse atraída por él. Y eso sería un problema porque Gabby tiene novio.

NICHOLAS SPARKS

NOCHES DE TORMENTA

NOCHES DE TORMENTA

Adrienne, una mujer de sesenta años, le cuenta a su hija la historia de amor que marcó su vida quince años atrás: ella sufría entonces el abandono de su marido, que la dejó por otra mujer más joven, y decidió hacerse cargo de un pequeño hotel en la costa. Allí conoció a Paul Flanner, un cirujano obsesionado por el trabajo.

Mientras una terrible tormenta se cernía sobre la población, Adrianne y Paul compartieron un fin de semana en el que redescubrieron sus vidas; no solo lo que eran, sino lo que podían llegar a ser. Pero el peso de la responsabilidad les obligó a tener que decidir entre sus sentimientos y sus deberes, y la decisión marcó sus destinos.

Este libro utiliza el tipo Aldus, que toma su nombre
del vanguardista impresor del Renacimiento
italiano Aldus Manutius. Hermann Zapf
diseñó el tipo Aldus para la imprenta
Stempel en 1954, como una réplica
más ligera y elegante del
popular tipo
Palatino

***
**
*

Un paseo para recordar
se acabó de imprimir
en un día de invierno de 2013,
en los talleres gráficos de Liberdúplex, s.l.u.
Crta. BV-2249, km 7,4, Pol. Ind. Torrentfondo
Sant Llorenç d'Hortons
(Barcelona)

***
**
*